Funambules

Amandine JARDIN

Funambules

Édition : BoD – Books on Demand,
12/14 rond-point des Champs-Élysées, 75008 Paris
Impression : BoD - Books on Demand,
Norderstedt, Allemagne

Illustration : Amandine JARDIN

ISBN : 9782322395897
Dépôt légal : Décembre 2021

"J'aime les gens qui doutent, les gens qui trop écoutent leur cœur se balancer.

J'aime les gens qui disent et qui se contredisent et sans se dénoncer

J'aime les gens qui tremblent, que parfois ils ne semblent capables de juger.

J'aime les gens qui passent moitié dans leurs godasses et moitié à côté..."

Anne Sylvestre – *Les gens qui doutent*

Pré en bulles...

La compagnie des gens n'est pas toujours agréable pour tout le monde. Certains sont à l'aise partout, tout le temps, et pour d'autres la vie en société s'apparente à une lutte de tous les instants. Chaque évènement social se vit comme un effort, la vie est pavée d'obligations de partage auxquelles il est difficile de se soustraire sans avoir l'air d'un Grinch, mais il y a pourtant une bonne chose dans cet exercice, c'est d'observer cette société et les individus qui la composent. Ils se donnent parfois de grands airs, parlent plus fort que tout le monde, semblent décrire une vie formidable alors que d'autres ont l'air tristes mais n'en disent rien quand bien même on leur pose la question, les pudiques.

L'analyse des personnalités est très intéressante aussi ai-je voulu ici présenter une galerie de portraits observés. Je suis cette femme qui se balade partout avec un carnet et imagine quelle peut être la vie des gens. Peut-être avez-vous déjà joué à ce jeu pour vous-même ? En croisant dans la rue un grand gars avec un bouquet de fleurs, et en vous demandant quelle peut-être son histoire, à qui il va l'offrir et pour quelle occasion ?

Je cherchais un titre à ce recueil ; un mot me revenait sans cesse : funambule. Celles et ceux que vous croiserez dans ces pages avancent dans la vie, droit devant, concentrés, ils prennent les chutes, et remontent sur leur fil. Droits vers le soleil.[1]

Finalement je m'arrête peu sur les pimpants, ils se mettent bien assez en valeur tout seuls, ils ne m'amusent pas. La mélancolie m'a toujours attirée, et les troublés me troublent. Tom, Mona, Maryse, Teddy, Céleste, Cédric, Léon, Mathilde et toutes ces mères de familles avec leurs bambins. Tous des funambules sur le grand rail de la vie.

Funambule, c'est aussi le nom d'un morceau d'ouverture musicale à l'un des tout premiers concerts auquel je suis allée[2]. C'était vertigineux, je m'en souviens encore parfaitement…

---

[1] Detroit – *Droit dans le soleil*
[2] Raphaël - *Funambule*

Portrait par déduction

Je me suis rendue chez cette jeune femme à l'automne, pour un entretien informel afin de préparer un article de journal. Je ne la connaissais pas, je ne l'avais rencontrée jusqu'alors qu'à travers l'écran de l'ordinateur. Elle sera ma Marylou.

J'ai l'habitude de par mon métier d'entrer dans de nombreux foyers. Avec les années c'est devenu pour moi un jeu d'essayer de deviner à qui j'ai affaire par la simple étude de ce que j'observe et si j'osais, je demanderais à chaque rencontre l'autorisation de rester quinze minutes à regarder en silence, sans rien toucher, ni déranger, puis donner mon interprétation. Je ne juge pas, j'observe. Mais je dois avouer que certaines personnes sont plus intrigantes que d'autres...

C'était le cas de cette jeune femme, avec laquelle le rendez-vous avait été fixé à 9h30. Elle m'ouvrit apprêtée sans chichis, cheveux relevés, vêtements clairs mais douillets : il faisait un peu frais chez elle. Est-elle de ceux qui préfèrent mettre un pull de plus que d'allumer de suite les radiateurs dès l'automne venu ? Ecolo ? Sûrement. J'ai vu un composteur près de l'entrée.

Elle me fait entrer sans me demander de me déchausser. J'apprécie, car ça fait toujours moins pro de travailler en chaussettes, et puis ça fait froid aux pieds. J'hésite toujours un peu quand c'est sale aussi, mais là il n'y a rien à redire, le ménage est fait, ça sent la lavande, que je connais pour avoir des propriétés apaisantes, peut-être s'en sert-elle ainsi.

Elle semble vivre seule si je m'en tiens aux éléments de décoration. En tout cas —je corrige—, je ne trouve pas grand-chose de masculin au premier coup d'œil. Les murs sont blancs, il y a un cadre avec la photographie bien connue de Brel, Brassens et Ferré pour l'interview qu'ils voulurent bien accorder à Rock&Folk en 1969. Elle doit avoir la trentaine, d'autres de son âge auraient des affiches de concert de Coldplay ou que sais-je. Ça ne veut pas dire qu'elle n'aime pas Coldplay (Coldplay fait assez bien l'unanimité), ça veut dire qu'elle aime bien —aussi— les chanteurs français à texte. Un morceau de l'histoire musicale qu'elle aurait découvert par elle-même, ou l'héritage d'un père ou d'un grand-père qui l'aurait bercée à *Brave Margot* ?

Ça se confirme en jetant un œil sur un grand panneau de liège où sont épinglées des photos, et une place de concert datant de 2018 pour un chanteur à Papa que je n'apprécie guère, soit dit en passant, mais qui lui aussi fait de la chanson à texte.

Finalement peut-être qu'elle ne vit pas seule, car sur ces photos un grand brun plutôt joli garçon pose souriant à ses côtés à plusieurs reprises. Il y a aussi une petite fille, mais je ne crois pas que ce soit son enfant. Une petite sœur ou une nièce ? Quelques dessins en noir et blanc, les siens ou ceux de quelqu'un dont elle aime l'art, essentiellement des corps de femmes.

J'entre plus en avant et je traverse le couloir poliment derrière elle. J'aperçois dans un angle du plafond un petit coin de ciel bleu très poétique. J'aime beaucoup l'idée. Elle suit mon regard et m'explique d'où il vient. Un petit coin de ciel bleu d'Antibes, pour avoir de quoi regarder les jours moroses.

Morose devrait s'appeler morgris… En dessous, une bibliothèque bien fournie de livres de poche. Ça mériterait une étude plus approfondie, a priori ils sont classés par siècle, il y a beaucoup de grands classiques et j'aperçois un rayonnage de littérature féminine. Non, pas féminine comme Harlequin, plutôt féministe. De Beauvoir, Sagan. C'est trié là aussi, et majoritairement français, semble-t-il. Que puis-je imaginer ? Des études de lettres ou un métier en rapport avec les livres. Peut-être que rien de tout ça n'est à elle ou qu'elle accumule sans jamais lire ? Sûrement non : à côté du canapé il y a une pile de livres, petits et grands, et sur la table du salon, un d'où dépasse un marque page : elle lit, j'en suis fort aise. J'aime bien les gens qui lisent, ils connaissent de belles histoires. Au-dessus du canapé, une grande toile de Klimt que je connais parce que plein de gens ont la même, elle vient de chez le grand Suédois, mais chez elle je sens que ce n'est pas un simple ornement de mur. Parmi les gros ouvrages de la bibliothèque je lis à la verticale "Sécession Viennoise" : Elle sait qui est Klimt, pour sûr.

J'aimerais pouvoir regarder plus en détails ; voir par exemple quel auteur revient le plus souvent dans sa bibliothèque et en tirer des indices. Si c'est Balzac, elle aime les détails, si c'est Hugo, elle aime les grands-pères, si c'est Zola ou Maupassant elle aime les gens. Si c'est Mérimée, elle aime les nouvelles. Si c'est Flaubert, elle est sûrement romantique.

Les murs blancs, le mobilier gris clair et les rideaux tirés pour nous protéger des rayons du matin font une tiédeur agréable dans la pièce où les petites lumières des équipements hi-fi font le guet. Une colonne de CD comme on n'en voit plus beaucoup depuis que les gens écoutent tout en numérique ; plus difficile à scanner d'un seul coup d'œil, mais sur le dessus trône un coffret Radiohead[3]. J'aimais bien Radiohead quand j'étais jeune, c'était triste juste comme qu'il faut pour arriver à passer l'adolescence. Je nuance encore mes propos : non, elle ne vit pas seule, il y a un gros chat gris qui dort dans un fauteuil plein de poils.

Donc elle aime Brel, et Radiohead. Il y a aussi quelques vinyles, les Beatles, Prince. Ça ne veut pas dire grand-chose, tout le monde aime les Beatles. Mais les vinyles, c'est le petit côté rétro qui va bien avec la paire de Kickers que j'ai vue dans l'entrée. Elle est trop jeune je crois pour avoir connu la mode des Kickers, c'est donc qu'elle les porte parce que ça lui plaît et pas pour faire comme tout le monde.

Elle m'invite à m'installer le temps qu'elle aille enregistrer ce sur quoi elle travaillait à l'étage et me propose quelque chose de chaud à boire. Le temps s'est beaucoup rafraichi ces derniers temps, j'ai les mains rougies de ma promenade jusqu'ici. Thé, café, chocolat ? Elle a tout. Je note qu'elle doit être quelqu'un qui se préoccupe du confort des autres, et par sa simple proposition, sait réconforter. Le temps que mon café coule j'observe la cuisine, sobre, dans laquelle rien ne traine. Une corbeille de fruits sur le plan de travail : elle mange sainement, ou en tout cas elle essaye. Pas de vaisselle sale dans l'évier, quelques magnets sur le frigo avec des photos et des coupures du journal local.

---

[3] Radiohead - *Nude*

Elle sort le sucre et une petite cuiller, puis elle grimpe prestement les escaliers en me soufflant "j'en ai pour deux minutes".

Deux minutes. Je fais un tour d'horizon et note en vitesse : un bocal avec des cailloux en souvenir d'une plage, un diffuseur d'huiles essentielles, des livres pour enfants qu'elle ne range pas avec les autres. Quelques séries télévisées en DVD, l'incontournable Friends en coffrets dépareillés que j'imagine laborieusement collectionnés grâce aux premiers salaires de jobs étudiants. Des poids de chevilles pour faire du sport. Un chargeur de téléphone un peu usé. Une cage à oiseaux suspendue avec des campanules dedans, clochettes sauvages. Je sais que c'est une plante facile à faire pousser, peut-être n'a-t-elle pas la main particulièrement verte. J'entends la chasse d'eau et le robinet couler, elle se lave les mains —bon point pour elle—, elle va redescendre. Mon café est trop chaud, je n'ai rien bu.

Rapidement, encore un peu : pas de miroir, pas d'horloge. J'aime assez ça, aucun témoignage du temps qui passe, ni dans les minutes, ni dans les rides.

La première marche de l'escalier craque, le chat tend l'oreille, j'entends la petite musique de l'ordinateur qui s'éteint. Notre rendez-vous peut commencer. Après cette analyse visuelle j'irai traquer son langage, ses expressions, ce qu'elles disent d'elle. Si j'ai de la chance elle se confiera à moi. C'est souvent le cas dans mon métier, on vient pour un sujet précis et finalement, c'est de la vie dont on parle, comme on le ferait chez un psy.

Un p'tit coeur dans un p'tit corps blotti sous une couette dodue, dans le lit d'une chambre au premier étage d'une maison sans placard aux balais. Elle est plantée dans un jardinet au fond d'une impasse perpendiculaire à une rue qui en croise d'autres pour former un quartier, une ville dans un département dont le réseau ferroviaire est assez bien maillé pour entrer et sortir de Paris et des villes autour sauf aux heures de pointe. Paris, coupée en deux par la Seine qui coule en Ile-de-France et en France jusqu'à la mer... Après l'horizon, il y a d'autres pays où l'on parle d'autres langues, qui collés les uns aux autres font des continents entourés d'eau. Tout ça fait la Terre que Yann Arthus-Bertrand a vue du ciel. Thomas Pesquet l'a regardée de plus haut grace à une capsule de l'espace. Il a vu aussi le soleil, la lune, et peut-être des martiens dans le système solaire de la galaxie. Dans une autre galaxie, far far away, il y a Dark Vador dans sa capsule perso. S'il y a bien quelqu'un qui a une vie bof bof c'est lui : Grand brûlé, père pas terrible, asthmatique et amputé du bras. Il a clairement une bonne raison de broyer du noir.

C'est ainsi que le p'tit cœur arrive à se lever au fil des jours pour affronter sa journée normale. En prenant du recul, et en pensant à ce pauvre Dark Vador.

Le train des égarés

Ils roulent vers la liberté. Aucun d'entre eux ne rentre dans les cases que la société fabrique. Ces deux personnes voyagent ensemble mais ne se sont jamais rencontrées, pour autant, elles sont dans le même wagon, et ce sont toutes deux des Egarés.

C'est étrange de se dire égaré dans un train qui part d'une gare pour se diriger vers une autre... Ils ne savent pas exactement où ils vont, on leur a parlé d'une espèce de cure thermale, mais ils ne sauront qu'en arrivant. Comment se sont-ils retrouvés là ? Un tirage au sort, après la lecture d'un encart au bout du programme télé, qu'ils sont les derniers irréductibles à acheter...

Tom et Maryse n'ont en apparence rien de différent de ce qu'ils appellent "les gens normaux". Ils ont des vies bien en place, un travail, un mari, une voiture... Ils ont dans leur jeunesse passé les étapes normales et cruciales qui mènent à la vie d'adulte. C'est après, que ça s'est corsé. Laissez-moi vous les présenter.

Tom a 26 ans. C'est un beau jeune homme, il a étudié l'architecture et travaille maintenant dans un cabinet qui s'est fait un nom. Il gagne bien sa vie mais ne dépense pas beaucoup d'argent. C'est quelqu'un de très simple, heureux dans son petit studio. Il peut compter ses vrais amis sur les doigts d'une seule main et mène une vie sociale des plus classique. Le problème de Tom, c'est qu'il ne va jamais nulle part. J'entends, comme je le disais plus haut, qu'il est très "heureux dans son petit studio". Soyons honnêtes, la jeunesse n'a jamais autant voyagé depuis Erasmus. Avant, apprendre l'anglais était certes important, mais on ne partait pas si facilement faire du woofing en Australie. Tom lui, n'a jamais bougé. Si, pardon, plus jeune, avec ses parents, et ce n'était pas dingue. Il n'aime pas "être ailleurs", c'est ça qui l'égare. J'espère que vous trouverez que c'est un faux problème, que tout le monde devrait s'en ficher, je vous baiserais les pieds pour le penser. Malheureusement pour Tom, les gens normaux ne trouvent pas ça normal, de fuir toute occasion de partir et de rester "là". Pas de vacances, pas de road-trip camping, pas d'hôtel, pas de week-end prolongé sur la côte, et j'en passe. C'est pire que de ne pas aimer ça, c'est même que ça le rend malade. Imaginez donc dans quel état il est, là, sur son siège de train, regardant le paysage défiler sans savoir où il va. Il hyperventile, Tom.

En face de lui est assise Maryse. Elle était secrétaire de direction, mais elle ne travaille plus parce qu'il y a quelques années elle a été bien malade. D'ailleurs son mari n'était pas très chaud pour la laisser prendre seule le train des Egarés, mais elle a dit qu'elle en avait vraiment besoin, et lui, Saint homme, se plierait en quatre pour sa femme, alors il a bien voulu la conduire à la gare et depuis il lui envoie des textos tous les quarts d'heure… Maryse est une égarée, parce que sa jolie vie s'est déroulée, pleine de joies, de larmes parfois comme tout le monde, mais un jour elle a eu 40 ans et elle s'est aperçue qu'elle n'avait pas pensé à faire des enfants. C'est pour ça que Maryse est dans le train.

Les gens "normaux" ne trouvent pas ça normal d'être marié et de ne pas avoir d'enfant, alors autant qu'au sujet de ceux qui n'aiment pas voyager, ils jugent, ils causent, et Maryse, elle ne supporte plus. Ce n'est pas faute de dire "les temps changent[4]", les mentalités, elles, restent coincées dans un autre siècle bien plus souvent qu'on ne le pense. Maryse se sent bien dans le train, elle s'est installée sans le faire exprès tout près d'une ouverture qui souffle du chaud : elle aura les jambes lourdes à l'arrivée, mais en attendant, c'est bon d'avoir chaud aux orteils.

Le train file donc entre monts et vallées, Tom a la nausée et Maryse s'endormirait bien si son téléphone cessait de biper tous les quarts d'heure. Ils s'en vont loin des gens normaux et des fardeaux qu'ils rendent trop lourds à porter.

---

[4] MC Solaar – *Les temps changent*

Allitération sur le thème

Tom est architecte, et tout a toujours tourné autour de l'architecture. D'un tempérament plutôt taiseux, il s'est entêté dès sa plus tendre enfance à travailler son style, à étudier les toits, les tuiles, les tympans des églises, et ce fut chose aisée car ses parents étaient touche-à-tout et l'emmenaient visiter l'est et l'ouest, des touristes à s'extasier sur les jolies tomettes, le patrimoine, le talent d'untel, et Calatrava… Tom s'est construit tout seul après que ses parents ont été victimes du terrible tsunami d'Izmit en 1999. Il fut un temps détruit par cette perte, et a toujours été craintif par la suite dans ses relations aux autres…

Petit à petit il s'est reconstruit –puisque tout était toujours histoire d'architecture– mais Tom est toujours resté solitaire… C'est difficile pour lui de tutoyer une femme, il est d'une timidité maladive, une personnalité tourmentée sujette aux tempêtes de l'âme, au cœur à marée basse, et d'un accord tacite avec lui-même, il a choisi la solitude. Voilà ce qui terrorise Tom, le tumulte amoureux, la limite de soi, tout hanté qu'il est par les histoires romantiques désastreuses des autres, les tentacules des Juliette sur leurs Roméo, les tatouages de cœurs troués de flèches, tout ça. Je t'aime tant, je t'aime trop. Il fut amoureux secrètement d'une Martha un jour, peut-être toujours, mais il n'eut jamais la tchatche, ni la testostérone qui plait tant aux femmes, il n'avait pas l'allure souhaitée de toute façon, et si peu confiance en lui…

Tom est honnête avec lui et avec les autres aussi. Le théâtre de la société ne l'a jamais séduit, un trajet en taxi avec le papotage qui va bien, c'est trop. A la façon de Scarlett dans moultes situations il s'est entendu dire mentalement "Taratata" pour balayer tous ses tourments. Pourtant certains soirs tard, il s'imaginait tout autre, moins taciturne, il trahissait son lui de toujours en projetant des intrigues dont il était le héros, l'athlète, l'altier mari d'une jolie quelqu'une, talentueux artiste, guitariste ou peintre...

Soudain, un matin de septembre, sa Tante Tristane, dont la vie fut bien moins triste que son prénom le laisse entendre et qui souvent attendrissait Tom, s'éteignit. Voilà les deux trouilles de Tom. Eros et Thanatos. Martha et Tristane.

Tristane s'était occupée de lui jusqu'à sa majorité. Elle était entière, d'une authenticité brute, elle fumait des Stuyvesant et sentait un subtil mélange de tabac et de bergamote qui lui rappelait la Méditerranée. Au restaurant elle prenait toujours du steak tartare au ketchup et ça dégoutait Tom quand il était petit, mais grâce à elle, qui l'emmenait au marché l'été, il avait attaqué à treize ans une collection d'étiquettes autocollantes de fruits...

C'est au téléphone qu'on lui annonça la nouvelle. Une bêtise : elle s'était étouffée avec une tartine et était restée par terre trois heures avant que le trésorier de son club de tarot ne la retrouve, inerte. Drôle d'histoire triste... Il ne lui connut jamais d'homme qu'il eût pu appeler Tonton. Dommage, c'eût été heureux que quelqu'un lui tape dans le dos pour cracher la maudite miette. Il assista à l'enterrement, but le thé avec ledit club qui entre deux larmes ne tarissait pas d'éloges sur la défunte Tristane... Il écouta longtemps leurs petites histoires, les marottes de sa tante, sa tendinite trainante au poignet, son amour des tapis persans qu'elle étalait partout par terre dans son appartement, et la tristesse lentement, entoura Tom.

Il dut prendre son temps : quelque chose traînait dans sa tête qu'il ne savait entendre. Même l'architecture perdait son attrait. Il s'était tant habitué à la lenteur de son existence, tout ce temps il avait cru ne s'être attaché à rien ni personne, s'était tu, mais peut-être... Peut-être s'était-il trompé, en fait. Il avait tant de choses à regretter, tant d'hésitations, tant de retenues à tout juste trente-trois ans. Trente-trois ans c'est l'âge du Christ. Dites trente-trois !

S'il devait taper son testament tout de suite, qu'écrirait-il ? Il fut soudain terrifié d'imaginer des docteurs le tâter à la recherche d'une tumeur foudroyante et la Mort lui emboiter le pas ; durant des minutes éternelles il resta tétanisé, la trotteuse ralentissait, la nuit semblait interminable, la température grimpait, c'était une crise d'angoisse sans aucun doute. Puis Morphée le tacla au matelas au petit matin. A son réveil, agité, tout transpirant, dans une subite lucidité il se dit qu'il était temps.

Il était nécessaire de changer du tout au tout, de taper du poing sur la table à raser de tout ça, de rebattre les cartes, de détricoter toutes ces inquiétudes termites, gratter le tartre, faire péter la routine, éclater et enfin d'oser. OSER. Tout. Talonner le fond de la piscine, remonter. Prendre l'air au lieu de prendre le thé. Il sentit comme une urgence à ressentir enfin les choses. Il voulait que ça pétille. Il fallait lister des trucs inédits pour tester l'infinité des possibilités. Pas juste tromper ses habitudes, ce n'était pas crédible, ç'aurait été trop de concentration pour trop peu de distraction, il avait surtout besoin de légèreté pour atteindre son but.

Il pourrait mettre une réponse automatique dans sa boite mail "je suis parti profiter de ma vie", apprendre la trompette, risquer une contravention pour conduite à toute vitesse sur l'autoroute, s'acheter une veste cloutée, oh ! traverser hors des passages cloutés ! Partir en thalasso, apporter son soutien aux Restos du Cœur... Sa liste contenait tout et rien, du plus bête au plus fantasque, il dût trier. L'un des tirets le taraudait : retrouver Antoine.

C'était son petit pote en élémentaire. La maman de Tom était fan de Truffaut et de ses *Quatre-cent coups*, elle s'imaginait qu'Antoine mettait de la gaieté dans la vie de son fiston si retenu... Qu'était-il devenu ? Où pouvait il vivre maintenant ?

Tous les deux, à huit ans, avaient enterré une boite au Trois Pignons, près de Fontainebleau à un endroit très particulier, contenant de petits trésors dont il ne parvint à se souvenir. Il souhaitait y retourner avant de tenter d'utiliser les outils informatiques de pistage modernes pour retrouver sa trace.

Il profita d'un beau jour d'automne où la nuit ne tombe pas trop tôt pour emprunter un VTT et partir à l'aventure. C'était à proximité d'un rocher en forme de tortue qu'il chercha longtemps. Autrefois cet endroit était envoutant, et lorsque Tom l'aperçut enfin il fut enchanté de constater que c'était tout comme avant... Il y avait de la tendresse dans cet instant de solitude. Il souhaita le faire durer, vidant la batterie de son téléphone et feuilletant la gazette attrapée avant de partir dans sa boite aux lettres. Il attendit gentiment dix-huit heures que les visiteurs alentour partent prendre l'apéritif ailleurs. Puis il put déterrer son trésor en toute tranquillité. Voici ce qu'il retrouva dans la petite boite en métal *Quality Street* : une photo toute flétrie de Kurt Cobain, une page déchiquetée d'un Corto Maltese, une fève de Tintin, la cassette tant écoutée, tant remontée, de la musique de Forrest Gump, une petite fléchette ventouse verte, et tout au fond, surprise ! une lettre ajoutée plus tard, datée de 2018, d'Antoine pour Tom, l'invitant à lui téléphoner tôt ou tard… Il était touché que leur amitié puisse ainsi traverser le temps. Que faire maintenant de cette invitation ? Une lettre ç'aurait été enfantin pour Tom, téléphoner c'était une autre histoire… Un texto ? Sans signature, pour l'intriguer !

Tout se précipitait : hier encore il végétait, pestant sur la vacuité de son existence et tout à coup le voilà excité, cherchant par quelle plaisanterie il reprendra contact avec son camarade. Tout à son interrogation il remit de la terre dans le trou, attrapa la boite et la mit dans sa serviette. Il avait trainé jusqu'à vingt heures, aux terrasses des troquets les gens trinquaient, l'atmosphère était tranquille, on sentait encore une petite odeur d'été. Sa curiosité pour Antoine n'égalait pas sa témérité aussi avait-il vite tendance, s'il s'écoutait trop, à se dire que tout compte fait, ne rien faire, c'était bien aussi. Etonnant comme les habitudes sont tenaces…

Durant trois jours il tourna et retourna dans sa tête l'idée du texto. Le quatrième jour au matin, il tapota "RDV le 27 octobre à 20h, métro Notre-Dame-de-Lorette". Il supputait qu'il habitait Paris, et butait sur cette idée qu'il avait sans doute fait sa vie dans le quartier où on l'avait contraint au collège à continuer sa scolarité, tandis que Tom terminerait la sienne loin de son pote, à Châtelet... en Brie ! Ce fut un terrible traumatisme que la perte d'Antoine, et à cette époque il n'y avait pas de téléphone portable... Et puis il s'écria zut ! comment me reconnaitra-t-il ? Et en toute hâte "j'aurai une cassette verte", tac, envoyé. Foutu correcteur.

Il voulait dire "casquette", mais s'il écrivait encore, c'était vraiment raté. Il attendait le "tingting" de la réponse, qui ne tinta qu'à dix-sept heures trente.

▸ *Qui êtes-vous ?*

Tu es bien Antoine ? ◂

▸ *Oui*

Tu le sauras bien assez tôt ! ◂

Ça s'arrêta là. Antoine avait toujours été joueur, il était certain que ça titillait sa curiosité !

En attendant le jour dit, Tom trépignait, peu concentré sur son travail il gribouillait des tourbillons à la marge de ses études qui témoignaient de son tracas. Totalement perdu par instant il hésitait toujours à se présenter au rendez-vous. Et puis vint le vingt-sept.

Toute la journée il eut le trac, la concentration troublée, les mains moites, le cœur qui tape et les jambes qui tressaillent. Presque en pilotage automatique, plus tellement conscient de ses actes, il partit trop tôt pour ne surtout pas être en retard, ting ! ticket dans le ticketeur, il monta dans un train. Le métro qui ralentit à chaque station, c'est le grand huit des sensations... Tic-tac. Gare Saint Lazare, dix qui sortent, trente qui entrent, et dans les yeux pleins d'inquiétude de Tom, subitement il y a Martha. Martha ? Fantasme ou réalité ? Quelle probabilité qu'elle soit ici, tant d'années plus tard, ce vingt-sept octobre à l'instant T ? Tous muscles contractés et dans un effort titanesque, il percute : pas de doute, c'est elle.

Souviens-toi lecteur, je t'ai raconté la Martha des torpeurs, celle qui lui plût tant, sa tragédie romantique. Toute fluette, châtain, très très intelligente, c'est d'ailleurs ce qui avait séduit Tom : cette faculté à toujours pouvoir répondre de tout avec perspicacité.

Et la voici tenue devant lui, métro Trinité. Martha, Antoine, Tom. Il hésite entre baisser la tête ou la saluer, et c'est étonnant comme les réflexes sont révélateurs... Tête haute, sourire, il articule "Martha ?".

Lecteur, l'histoire touche à son but tu l'as compris. Qu'imagines-tu ? Antoine viendra-t-il ? Tom aura t'il le plaisir de taper dans le dos de Martha quand elle s'étouffera avec ses tartines ? Tom va t'il rater sa station et Antoine par la même occasion ? Peut-être que Martha se rendait aussi métro Notre-Dame-de-Lorette.... Peut-être que Martha et Antoine ? Peut-être que Martha et Tom...

Siroteront-ils un verre en terrasse à deux, à trois ?

A l'infinité des possibles, santé !

Et la tête, alouette...

Chez moi c'est tout petit, et moi, je suis un tout petit peu bizarre. Je veux dire : les gens me trouvent bizarre. Petit esprit, petites manies, petit chez soi, petites habitudes, je fais mon petit numéro mais j'en suis un sacré – de numéro.

Petites manies, donc. Gestes répétitifs (besoin de sécurité), tendance à garder beaucoup de choses inutiles (ça, c'est la peur de l'abandon parait-il). Je compte beaucoup, je ne sors pas de chez moi sauf pour aller mécaniquement au travail. J'ai peu d'amis, et je donne souvent de l'importance à des petites choses dont personne n'a cure. Je suis sensible, parfois trop. Tout cela fait de moi quelqu'un d'un peu original ou de bizarre, comme vous voudrez. En tout cas je ne fonctionne pas sur le même mode que la plupart.

Jolie tête blonde comme ma mère, et tête de turc de ma grand-mère, elle m'a tout de même légué le guéridon moche qu'elle avait dans l'entrée. Sur ce guéridon que je garde sentimentalement, j'ai posé mon ours en peluche, alter ego impassible. Lui seul ne juge pas, ne s'émeut pas et m'écoute parler sans m'interrompre. Cet ours, je l'ai depuis tout petit, ma mère l'a acheté moins cher au magasin parce qu'il avait un fil à la patte qui pendouillait. Nous l'avons libéré du magasin et ensuite je l'ai choyé. Il est entré dans ma vie, dans ma chambre, dans mon lit, je l'ai trainé partout, je l'ai rangé au chaud sous mes couvertures, enterré dans le bac à sable pour ne pas qu'on me le dérobe, et caché honteusement quand j'ai eu ma première amoureuse.

J'ai trente ans, je vis seul dans mon petit appartement, je travaille dans la même entreprise depuis des années. Pourquoi est-ce que je vous parle de mon nounours ? Parce que je n'ai rien de plus intéressant à vous raconter. Vous écoutez parfois vos collègues vous parler de leurs enfants, de leur épouse. Bien, moi je vous parle de ma peluche.

Je ne me sens pas bizarre. Ceux qui me connaissent bien me demandent parfois "Teddy tes tocs, t'en es où ? ça diminue un peu ?". Pour tout vous dire je baisse la tête et je fais toujours une réponse évasive, parce que je ne vois pas où est le problème. Le plus souvent en dehors du travail, je suis en tête à tête avec moi-même[5], alors ça ne gêne personne. Je me lave les mains autant de fois que je veux, je verrouille ma porte autant que ça me chante, je me relève la nuit pour remettre un objet bien droit sans que ça ne réveille quiconque. Certains penseront que j'ai un p'tit vélo dans la tête, ils se moquent mais ils ne savent rien de mon quotidien. Je ne suis pas bête ni psychorigide, juste ennuyé par des détails, rassuré de peu de choses et un peu trop sur la corde sensible. Funambule angoissé.

Chaque soir en m'endormant je me demande si je ne devrais pas aller chercher l'ours sur le guéridon pour le prendre avec moi. J'en viens au fait qui motive mon histoire.

La semaine dernière il est arrivé quelque chose. Je suis parti comme tous les matins, avec les mêmes rituels et ma chemise vert pale du mardi, tête haute. Ne riez pas, vous seriez étonné du nombre de femmes qui prévoit une couleur de sous-vêtements par jour et à elles, on ne dit rien de désobligeant.

---

[5] Mathieu Chédid – *En tête à tête*

La journée, je suis toujours pressé de rentrer chez moi. Les gens et le métro sont sales, ça me gêne beaucoup, mais je prends sur moi. J'ai un petit carnet en permanence dans ma besace pour les moments d'agacement, qui me sert à tracer des figures géométriques très régulières au stylo bille noir. Toutes les pages en sont couvertes, et j'ai un petit bout d'étagère chez moi où j'aligne tous mes carnets terminés. Je laisse l'ours à la maison pour aller travailler, ce n'est franchement pas de gaieté de cœur, mais j'aime bien penser qu'il cerbère l'entrée. Cette angoisse de la séparation –c'est la psy qui l'a dit– me fait réaliser que jamais, jamais je ne pourrais volontairement me lier avec quelqu'un au point d'avoir peur pour lui quand il vit sans moi. C'est si fort que ça fait mal.

Je suis rentré chez moi avec six minutes trente-sept de retard sur mon horaire habituel ce soir-là (Je compte beaucoup. Les pas, les marches, des fois les secondes dans une minute, et si je tombe juste, c'est une petite victoire), et j'ai trouvé ma porte grande ouverte. Ça, l'intrusion dans mon intimité, ce n'est pas bon...

J'ai fait quelques pas, les poings bien serrés dans mes poches, le front en nage, le souffle court, et je suis entré dans mon appartement. Certains objets chers n'avaient pas été dérobés, ils avaient emporté des babioles, ma tirelire où je glisse consciencieusement chaque jour les dix centimes d'euros que l'on me rend sur déjeuner. Ils avaient cassé un pied du guéridon, et en observant vraiment je découvris ce qui me fit le plus de mal dans cette histoire : mon ours avait perdu la tête. Ils l'avaient arrachée, elle était perdue, quelque part dans tout mon fatras accumulé depuis des années. Il y avait le corps ici, et la tête quelque part ailleurs. A supposer que je la retrouve, personne ne voudra la recoudre, ils diront que c'est un vieux machin, que ça ne vaut pas le coup, que ça n'a pas d'importance. Il n'y a pourtant que ça, précisément, qui me préoccupe maintenant.

Je vis ce cambriolage comme un raz de marée, à cet instant je suis submergé, je ne sais pas où donner de la tête, je ne sais plus penser, je ne sais plus quoi faire, dans quel ordre, qui appeler, ni même si j'ai le droit de pleurer. J'ai envie, je sens bien que c'est con. Je me sens noyé comme Alice dans son pays des merveilles, noyé dans mes propres larmes, sans savoir comment sortir la tête de l'eau. Je n'ai plus de chez moi tout petit, je n'ai plus que moi, minuscule, vulnérable, sans sa peluche, et les gens s'ils le savent vont se payer ma tête... Ce grain de sable dans les rouages bien huilés de mon petit train-train quotidien me fait tourner la tête, et je ne peux même pas m'isoler pour remettre de l'ordre à tout ça ; la serrure est cassée. Rangement, serrurier, assurance. Non, l'assurance, le serrurier, le rangement. Ne pas agir sur un coup de tête et surtout tâcher de la garder froide.

C'est une histoire courte, lecteur. J'ai fait tout ça. Dans l'ordre. Je le jure sur la tête de l'ours que j'ai fini par retrouver, déchirée proprement. J'ai été très soulagé de joindre les deux morceaux. Etrangement, cet incident m'a fait du bien. J'ai compris ce qui comptait vraiment pour moi, et quelle énergie je perdais à vivre si petitement, si prudemment, si timidement. Peut-être que de parvenir à régler cela tout seul m'a fait gagner en confiance en moi, et le fait que tout se soit trouvé cul par-dessus tête m'a permis de faire efficacement tri et rangement pour virer ma cuti. On dit que ranger c'est aussi faire le ménage de son esprit. Des fois dans la vie, il se passe des trucs, mais jamais vraiment par hasard. Il faut toujours essayer de tirer profit de tout.

J'ai désormais la tête sur les épaules. J'ai même pris le train sans compter les gares.

Portrait deviné de cet homme qui voyageait avec son ours dépassant d'un sac à dos ouvert sur le siège d'à côté, la tête ailleurs par-delà la fenêtre du train vers le paysage lénitif qui défilait.

La fille de l'air

Céleste représentait mon idéal au point de me croire atteinte d'une étrange forme de bovarysme : ma propre vie m'ennuyait ; la sienne m'intriguait, me fascinait. A l'école primaire, elle avait bien voulu être ma copine mais ça n'avait pas duré longtemps et à l'époque ma mère m'avait dit "tu sais, les copines, à ton âge ça va ça vient"... Nous nous sommes suivies pendant toute notre scolarité, avons fréquenté les mêmes écoles, les mêmes personnes, mais nous n'avons plus jamais été proches comme cette semaine-là... Aujourd'hui le temps a passé, nous sommes adultes, je suis maman, et si précieuse à mon cœur, Céleste n'a jamais quitté mon esprit.

Quand on avait 8 ans, elle m'a invitée à venir faire du trapèze chez elle. Elle était fière de me raconter que son papa l'avait fabriqué et installé lui-même sur le portique au fond de son jardin, près des framboisiers que nous avions dépouillés avec gourmandise. Je me souviens que cet après-midi-là, elle était tombée de la barre et sa tête avait cogné plutôt fort. Ça n'a pas dû la traumatiser parce qu'au collège elle s'est inscrite dans un cours de cirque, et elle en a fait son truc à elle. A l'époque en dehors des cours, nos parents nous faisaient faire du piano, de la guitare, ou de la danse classique. Elle se démarquait déjà : littéralement elle plongeait dans l'air, sans vertige et sans filet. Elle avait l'air de n'avoir peur de rien et prenait l'attitude des altitudes.

Un jour la classe a pris le train pour l'Italie. On était tous fous, elle restait loin de nous, les cheveux dans les yeux et le nez dans son bouquin. Par la grâce d'un projet d'école pour lequel, par hasard, nous fûmes binômes, j'ai pu avec délice explorer un peu son monde à travers une série de photographies qu'elle avait prises pour se représenter. C'était l'objet du devoir. La plupart étaient en noir et blanc, simples, éthérées, belles. Elle ne figurait sur aucune, toute la poésie de son travail était dans l'évocation de qui elle était par truchement. Il y avait des aigrettes au vent, de la poussière dansant dans un trait de lumière, une marelle avec dans le fond une balançoire vide en mouvement, et j'aime à croire qu'elle s'en était envolée haut avec une impulsion des jambes. Toutes ces choses étaient comme… suspendues. Il y avait aussi le plafond de sa chambre, sur lequel elle avait formé des constellations avec de minuscules étoiles autocollantes, un cliché d'une photo de famille floue encadrée sur un meuble de grand-mère, photo sur laquelle elle ne figurait pas, mais son doigt obturait l'écran, comme si elle était là quand même…. J'ai gardé une copie de ce devoir je ne sais où, je serais curieuse de revoir les photos dont je ne me souviens plus…

Je ne lui ai connu qu'une aventure amoureuse, plus tard que nous toutes, au lycée, avec un type assez beau qui s'appelait Éric. Je me souviens de son prénom parce que c'est celui du prince dans *La Petite sirène* de Walt Disney. Même ça, c'était enchanteur. Walt a pris des largesses avec le conte original, parce qu'en vrai la petite sirène finit dans la flotte, cocue, à conclure un pacte avec…les filles de l'air. Elle semblait être avec lui juste pour prouver qu'elle pouvait faire comme tout le monde, mais son visage criait qu'elle manquait d'air, et que l'amour et l'eau fraiche ne lui suffisaient pas. Elle était si singulière, au sens propre comme au figuré, aussi étrange que solitaire. Ç'en était presque inquiétant… Éric a déménagé aussi vite qu'il était arrivé au lycée, un vrai courant d'air. Quoi qu'il en soit pour ces deux-là Cupidon avait mal fait le job, Céleste était un électron libre.

Après le baccalauréat, tout le monde s'est dispersé. Je suis allée à la fac étudier la psycho, et elle est devenue libraire, tout en continuant le cirque. Libre-air. La voltige. Ça lui allait si bien… Légère, gracieuse, solaire, jamais là où on l'attendait… Elle n'avait pas du tout l'air malheureux, mais elle était… ailleurs. Pas vraiment sur terre avec nous. La tête en l'air, dans les nuages. Je me souviens qu'une de ses dissertations de philo avait été lue devant tout le monde, elle avait eu la meilleure note, il fallait expliquer la notion de survivance. Elle semblait planer au-dessus du monde, l'avoir compris dans sa subtilité mieux que nous autres au même âge. Beaucoup de nos camarades la trouvait insupportable, hautaine, mais elle n'a jamais regardé personne avec de grands airs méprisants, elle était là, funambule, sereine, tranquille, sans rien devoir à quiconque.

Je sais qu'elle n'a jamais quitté la ville, moi non plus d'ailleurs. Je le sais parce que sur le chemin de l'école, rue du Moulin à vent, il y a son nom sur une boite aux lettres. J'imagine qu'elle vit là en nymphose, chrysalide dans son cocon, suspendue la tête en bas… On pourrait penser que c'est un comble, pour une Fille de l'Air, de ne jamais vraiment quitter le nid, de ne jamais voler de ses propres ailes… Mille fois j'ai voulu aller lui parler, m'en faire une amie. J'ai longtemps attendu un mot d'elle. Je n'ai jamais osé la déranger, la brusquer. J'ai vécu dans son ombre pendant des années, je suis même allée la voir au cirque Incognito, et je fus éblouie par les reflets des paillettes rouges de ses ballerines prises dans les rayons des spots. Les mêmes chaussures que Dorothy dans *Le Magicien d'Oz*. Il y avait décidément quelque chose de magique et de mystérieux dans tout ce qu'elle faisait, et comme un silence autour d'elle, rendant plus sourd l'écho de mes questions sans réponses...

Personne ne la connaissait vraiment finalement, et son évanescence m'est restée, à moi, comme un trésor au point d'avoir donné son prénom à ma fille, en espérant qu'elle sortirait légère de tous les sortilèges de la vie... Ce soir elle n'a calmé ses pleurs que lorsque j'ai allumé le ciel étoilé de sa chambre d'enfant et moi, assise dans le noir du salon, savourant le silence qui s'est enfin fait et ce temps pour moi, je déplie le journal.

J'y apprends, dans un petit cartouche couleur bleu ciel, que ma Céleste est décédée, il y a deux semaines... Comme la mélancolie est douce... La voilà désormais officiellement montée au ciel, créature de l'air, à sculpter les nuages... C'est sûrement, me dis-je, sa plus jolie voltige.

Céleste voyageait avec un groupe d'adolescents très bruyants. Elle semblait seule au milieu des gens, consciente et concentrée à ne surtout pas faire partie de la meute...

Littéralement elle avait l'air
d'une fille paumée qui n'sait rien faire[6].

En vérité elle est solaire
Aime voir danser la poussière
Elle évolue dans d'autres sphères
Ça la rend si particulière...

---

[6] Vincent Delerm – *Avec ta tête*

Le sucre et le sel

Le Courage.

Il était là dès le commencement. Propre et rond comme un sou neuf, planqué dans un repli de mon cœur. Il a été briqué, poli par Maman, car à chaque fois qu'il s'abimait, elle soufflait dessus comme sur un genou égratigné pour que je remonte en selle. J'en usais un peu plus chaque jour mais sans jamais trop l'attaquer d'un coup.

Je l'ai déformé au premier chagrin d'amour. Je l'ai perforé quand j'ai eu peur de mes notes et calculé mes points au bac selon les coefficients de chaque matière. Je l'ai ébréché quand je me suis rendu compte que mon premier appart avait des murs tous pourris, et quand les taxes pleuvaient à la fin de l'année. Je l'ai fait fondre et dégouliner au troisième chagrin d'amour. Je l'ai sali aux milles humiliations que l'on tait.

Je l'ai totalement perdu enfin, quand Papa a passé l'arme à gauche, quand celui qui me consolait n'a plus trouvé les mots, m'a serré dans ses bras et s'en est allé, quand la société a déposé le bilan, et qu'un matin je ne fus plus capable de rien. Quand tout fout le camp, on le perd et l'on meurt à l'intérieur. On le perd en toute logique avec la mue de notre peau d'enfant. Quand on commence à trembler, que plus un aliment ne transite jusqu'à l'estomac, que les larmes coulent sans plus s'arrêter. Quand les gens autour vous regardent avec cet air concentré, concernés mais dubitatifs. "Comment peux-tu te mettre dans ces états-là ?". Je grandis, messieurs-dames. Je perds des choses en route. Je perds des gens, et avec eux, des morceaux de moi.

Le courage, quand il n'est plus là, c'est un trou béant dans le pli du cœur. Un vide. Un manque. Une nausée persistante, perfide, permanente. De ce trou tout s'échappe. L'estime de soi, l'envie, le plaisir, le désir, les projets, l'espoir, la confiance, l'amour, la tolérance. Par ce trou, je vomissais chaque matin tous mes rejets et toutes mes peurs : la société vilaine, le journal télévisé et sa cascade de mauvaises nouvelles, les potes qui se marient et font des bébés, les animaux maltraités, le patron hypocrite qui s'en fout plein les poches, le loyer trop cher, le soleil trop brillant, la pluie trop mouillée, les amis trop loin, l'injustice de la vie, ceux qui partent trop tôt, le sommeil trop agité, les nuits trop courtes, les jours trop longs, mon estomac vide, mes poumons trop petits. "Baby Baby it's a wild world[7]". Et j'ose, je la vole, cette phrase de la seule personne qui, pour l'avoir vécu, a mis les bons mots sur ce mélange de douleurs : "Un drôle de sentiment de condamnation, d'exclusion, d'inaptitude à vivre enfin, une illégitimité, une inadéquation symptomatique à toute tentative de plaisir, de désir.". Impossible de se remplir de quoi que ce soit. On devient creux, maigre, on voudrait disparaitre.

Je m'imaginais baisser les bras, me coucher sur le sol n'importe où et attendre que tout passe, mais je ne l'ai jamais dit à personne. Je ne voulais pas laisser ma mère, ma faiblesse l'aurait profondément déçue. Je ne voulais pas laisser mon chat. Je ne voulais pas manquer les 18 ans de mon neveu, mais je ne voulais plus rien subir. Juste devenir spectateur de la vie,

---

[7] Cat Stevens – *Wild World*

sans risque, mais pas acteur d'un bonheur que je ne savais visiblement pas construire. Plus la force.

Beaucoup se sont déjà posés la question maintes fois : choisir de mourir, c'est du courage, ou de la lâcheté ? Moi je crois que c'est du courage. J'en avais plus.

Alors, on devient junky du courage. On en manque, on en a besoin, on en veut, on en demande, on se trouve deux trois dealers, ceux qui ont accepté tacitement, merci à eux, de ne jamais se lasser de ce moral en montagnes russes.

On le cherche dans ce qu'on estime certain de ne jamais perdre. On le cherche à chaque matin chagrin, on en retrouve un morceau dans les ronrons du chat, dans les rituels, dans l'eau bouillante de la douche. On s'imagine qu'il est caché dans la gorgée de café sucré, dans une bouffée de cigarette au hasard d'une soirée, dans le beurre des croissants, dans les rires téléphoniques du meilleur ami et dans les cartes postales des quatre coins du monde de celle qui ose voyager. On croit qu'on peut se servir du peu qui restait aux défunts qui nous ont laissé, en essayant d'oublier l'idée que peut-être, ils se sont finalement évanouis tout entiers dans leur trou du courage.

On en trouve un substitut dans l'angle du plafond. Là où les trois arrêtes s'écartent en triangle. Où qu'on soit, dans cet appartement ou dans un autre, dans les toilettes ou dans le salon, il y a un coin de plafond qui rassure. On le voit quand on prend son bain à la bougie, quand les premières lueurs du jour commencent à éclairer la chambre à coucher, quand on écarte enfin les yeux de l'écran d'ordinateur, dans ce grand bureau sans murs entre tous ces gens qui énervent. On le trouve dans le mot "tétraèdre". Dans ce petit pendentif qui n'existait que sur internet avec un prix en dollar, et qu'on a dégoté par hasard dans la petite boutique du bas de la rue. On se promène avec comme un grigri. Il a remplacé sur la chaîne en argent la jolie bague trop grande reçue à Noël dernier. On croyait que cette bague remplacerait notre sou de courage, elle avait la même forme… On croyait que quelqu'un soufflerait sur nos plaies pour toute la vie. On se trompait. Mais ce n'est pas grave. C'est triste, mais ce n'est pas grave.

Du joli sou rond et brillant du début ne reste qu'un triangle en toc piquant aux sommets. Parce que tant que Maman soufflait sur le genou, ça roulait, mais il a fallu apprendre à se débrouiller seul et désormais chaque étape de la vie pique. C'est ça, le courage, c'est la vie qui pique. Ça fait mal, mais ça ne fait rien… Les choses changent, les gens finissent tous par partir, et on s'adapte.

Les ronds, c'est trop parfait. La vie est imparfaite. Un rond, s'il n'est plus rond devient ovale. Un triangle, qu'il soit rectangle ou équilatéral, même affaissé, reste un triangle.

Le courage c'est l'assurance de pouvoir "faire avec". Le courage, c'est d'être malléable à l'extérieur, mais toujours le même à l'intérieur. Le courage, c'est d'être soi, c'est de ne pas se perdre. C'est de se dire qu'il y a bien longtemps qu'on n'a plus écrit. Adolescent, on tartinait des pages et des pages, on bouquinait, ce serait bien de retrouver cette soupape là… Ce serait bien de se retrouver un peu. Prendre du temps pour soi, et apprendre à souffler soi-même sur son genou.

Le courage, c'est une invention. C'est une forme d'égoïsme et de la confiance, un mélange de deux couleurs pour créer une tonalité qui rassure. Le courage, c'est aussi la patience. Il a fallu neuf mois à Papa et Maman pour modeler ce joli sou, des années pour en prendre soin.

Alors, le seul mantra qui fonctionnera, c'est de toujours prendre soin de soi.

Lecture par-dessus l'épaule d'un jeune homme qui écrivait dans le wagon repas, la trentaine. Je le prénomme Léon, parce que ça veut dire "courage".

Mona

Elle avait téléphoné très tôt un matin de janvier pour demander si elle pouvait emmener le chat et venir passer quelques jours à la maison. Mon cœur de maman a bien vite compris que quelque chose n'allait pas... Elle venait de perdre son travail, et même si ce boulot ne lui plaisait pas follement, ça lui faisait mal à l'égo, mal au cœur et à ce point, mal au corps.

Elle est arrivée avec le chat dans sa caisse au bout du bras, avec un sweat informe, une grosse écharpe autour du cou et un sac de voyage qui ne contenait rien pour sortir. Elle a tout posé par terre et elle est venue m'embrasser avec, déjà, ses jolis yeux bleus embués. Non, ça n'allait pas.

Ma grande fille de 27 ans était là plantée devant moi, triste, seule, contrariée, si maigrichonne et vulnérable que j'en aurais pleuré s'il n'avait fallu retrouver rapidement mes réflexes de Maman. Ma petite dernière a un sérieux penchant pour la mélancolie... Je ne me rends pas compte des états d'âme qu'elle a pu traverser enfant et adolescente dans la famille étrange que nous sommes. Après que nos ainées soient parties, son père s'est inventé mille maux avant d'en déclencher de vrais ; moi j'ai essayé de vivre en parallèle pour m'aérer l'esprit. Elle, semble s'être fabriqué une carapace et reste méfiante avec tout le monde, comme si elle connaissait trop bien l'abandon. A tout juste 24 ans, venant de traverser un deuil, une séparation douloureuse et une perte d'emploi, elle disait se sentir vide et perdue.

Elle ne mangeait plus, je me suis remise à cuisiner pour elle. Elle dormait beaucoup, j'allais la réveiller avec un gouter, on regardait des niaiseries à la télé. Elle parlait longtemps, se racontait, pleurait. Elle me bouleversait. Elle demandait l'autorisation de poser sa tête sur mes genoux, mes mains réapprenaient la forme de son visage. Il y avait si longtemps qu'elle n'était plus ma toute petite et qu'elle n'avait plus compté sur moi pour la soigner...

Nous sommes restées ensemble une dizaine de jours. Nous avons vu les attentats à la télévision. Elle frissonnait de voir que le monde allait si mal ; je tremblais de la laisser retourner l'affronter dans son état[8]. Pendant dix jours j'ai tenu journal, j'écrivais ce que je lisais dans ses yeux, le pire ou le mieux. J'essayais de trouver de quoi lui changer les idées : un jour je l'ai envoyée se faire masser par une amie qui avait un salon. Elle est rentrée deux heures plus tard, détendue, apaisée, elle voulait manger du poulet. C'était comme un premier pas : elle avait faim.

Je ne sais pas ce qui a fonctionné exactement, quel a été le déclic. Je crois qu'elle avait besoin simplement d'avoir de l'importance aux yeux de quelqu'un, même juste deux heures, mais qu'on s'occupe d'elle, pour enfin avoir l'œil qui brille à nouveau. Deux jours après elle m'a dit que ce serait bien de rentrer, qu'une amie lui préparait un contrat à mi-temps pour la dépanner, qu'il faudrait bien remonter en selle... C'était il y a quatre ans. La suite lui fut profitable, elle semblait sortie du creux de la vague et elle a su réaliser avec prudence quelques avancées notoires. Elle qui se croyait prise au piège de la

---

[8] Gary Jules – *Mad World*

morosité n'avait pas compris que tout passe. Elle s'est vu offrir un emploi stable, s'est acheté un appartement, et quand enfin elle s'est sentie en sécurité et fière d'avoir grandi, elle a rencontré un jeune papa qui chaque jour lui apporte tout l'amour et l'attention dont elle a besoin.

Quand je repense à ces dix jours, je nous revois nous étreindre sur le quai avant qu'elle ne monte dans son train. Le dernier regard de ma fille, souriante, était plein d'amour et de reconnaissance...

Portrait deviné de la jeune fille au chat qui, les yeux lourds et fatigués, triturait un mouchoir tout effiloché en regardant loin devant.

Je me suis toujours demandé au soir en passant
Qui sont ces gens dans leur appartement
Lorsqu'aux fenêtres les ombres chancellent
Dans une lumière artificielle…

Sans ralentir la cadence, c'est à eux que je pense
Ainsi, trompant l'ennui de ma propre existence
J'invente l'histoire de leurs silhouettes
Muettes.[9]

Rentrer grisée au soleil couché,
Dans la ville vide ensommeillée
A la lumière des réverbères
Se sentir comme la fille de l'air…

Longer le parc, tourner à droite,
Apprécier août, sa chaleur moite.
Déambuler à l'aveuglette
et sentir plic ! une gouttelette !

Enfin voici la pluie d'été
A gros bouillons sur les pavés
Parfumant le bitume,
Lavant toutes mes amertumes… [10]

---

[9] Ce poème a fait partie des gagnants du concours de Poésie RATP 2020. Il a été affiché tout l'été sur quelques quais de métro parisien.
[10] Celui-là n'a pas gagné le concours 2021.

Les oiseaux sur le fil

_V v v   V v v   v   V   v_

Enfant, j'étais Monsieur Bojangles[11] dans mes rêves, dans un monde simplement noir et blanc où j'ai eu la chance de rencontrer Pedrolino.

Dans ce rêve il fallait prendre une grande inspiration et lever les bras bien haut pour faire de la magie : mes pieds quittaient la terre ferme et je bondissais, pas plus haut que les fils électriques aux poteaux de la ville, sur lesquels marchent en funambules les petits oiseaux, enfants imaginaires qu'auraient pu avoir Ariane et Icare s'ils s'étaient aimés. On sait grâce à Icare qu'il ne vaut mieux pas essayer de voler plus haut…

Là, assis sur son fil à chercher sa précieuse Colombine du regard, c'est Pedrolino qui badine, l'enfariné fondu au brouillard blanc du petit matin. Je lui emprunte aujourd'hui sa plume pour vous écrire ces mots.

A chaque expiration, redescendre chez les mortels pour m'envoler d'un nouveau bond, plus loin… Je ne me souviens de rien de ce que j'ai vu de là-haut, seulement de la liberté. Une respiration semblable au vertige d'une première histoire

---

[11] Nina Simone – _Mister Bojangles_ "he jumped so high, he jumped so high, then he'd lightly touch down…"

d'amour, lorsque les poumons semblent trop petits pour cette émotion qui nous dépasse et que les papillons au ventre nous portent léger. Une montagne russe dans ce rêve magique dont je guette le retour et que personne, surveillant le sommeil profond de l'enfant, ne peut soupçonner…

Puis il fallait bien que le jour se lève[12] et que ce monde s'évapore… Les oiseaux jolis redevenaient les corbeaux des matins pluvieux, et Pedrolino me manquait.

Enfant, je passais donc mes jours à rêver de mes nuits, espérant revoir les oiseaux perdus.[13]

V

v

v   v   V
_____

_____

_____

---

[12] Téléphone – *Le jour s'est levé*
[13] Balavoine – *Les oiseaux, partie 2.*

Vasterival

Ils vont abattre le chêne.

Cet arbre est comme la girouette au sommet de l'église, le phare au bout du port. Il me rassure. C'est lui qu'on voit, massif, par la fenêtre de la chambre du haut, dans cette maison de famille où je suis venu me refugier pour quelques jours d'été. Vasterival. J'ai toujours pensé que le nom de ce petit village pittoresque serait parfait pour l'histoire d'un meurtre, et c'est bien ce qui va se produire.

J'ai passé mon enfance ici, pour les vacances et parfois les week-ends. Il n'y avait rien à y faire à part des bêtises et des secrets, ce qui est plutôt enchanteur avant l'âge dit "de raison". Nous allions là-bas avec mes cousins, mes oncles et mes tantes. Mille anecdotes me viennent en tête quand je pense à Vasterival… Mon oncle, qui ne manquait pas d'imagination, nous avait conté l'histoire des sœurs sorcières qui vivaient dans la vieille maison délabrée d'à côté. Il ne fallait pas sortir après la nuit tombée, on aurait pu les croiser en route pour le cimetière près de l'église, et qui sait avec qui elles pouvaient bien avoir rendez-vous…

C'est merveilleux, la campagne. Le bruit des nuits d'été, les étoiles brillantes comme le sucre au ciel, les animaux sauvages. Un jour au lever du soleil, on a vu une biche et son faon dans le jardin. Parce que Vasterival est enchanteur, moi qui suis parisien, j'ai réussi grâce à cet endroit à ne jamais perdre mes yeux d'enfant émerveillé…

Sur la pile de courrier, un petit tract conviait à la Garden Party du parc. Enfants, c'était l'évènement de l'été dont nous nous réjouissions dès la kermesse qui marquait la fin de l'année scolaire. Pourtant cette fois, le papier un peu humide à la main, j'avais le sourire en berne : Il était écrit que le chêne centenaire du parc, rongé par une maladie, serait abattu lors de la fête. Mon chêne. Nous étions donc cordialement invités à venir le célébrer une dernière fois.

J'étais ici pour un retour à la terre, et soudain j'eu mal à mes racines et un besoin urgent d'aller le voir comme lorsqu'un grand-père mourant se trouve à l'hôpital et qu'on a peur de manquer de temps. A cet instant, toutes les joies vécues à Vasterival ne faisaient pas le poids face à la peine ressentie à cette annonce sournoise. Le parc a accueilli nos jeux d'enfants, nous grimpions aux arbres, respirions les odeurs des fleurs, on y organisait des chasses aux trésors, des cache-cache géants dans les saules, et des goûters interminables en rêvant de construire une cabane en bois haut perchée pour se raconter des histoires qui font peur, une lampe torche sous le menton. Mon chêne a tout vu. De mon histoire d'amour avec la jolie Lucie, la fille du boulanger, aux larmes versées à la mort de ma grand-mère. Il est le témoin de mes années.

Alors d'instinct, je galopais vers le fond du jardin en direction du parc. Pour y entrer légalement, il faut passer par la grande porte et donner quelques sous pour la visite florale. Mais il est collé à la propriété et il n'y a jamais eu de grillage, on peut sauter par-dessus un filet d'eau qui jadis m'avait l'air d'une rivière, et remonter la jungle qui le borde jusqu'aux parterres parfaitement tondus. Dans le soir qui tombe, l'herbe drue s'écrase sous mes pas, souplement comme un tapis de sortie de bain… Il me faut trouver ce que nous prenions pour un passage secret : simplement un endroit où par les allées et venues des animaux, la végétation s'est tassée pour former un semblant de chemin. La lune pleine m'éclaire, et en évitant les orties je progresse vers mon but. Le parc ferme à 19h, l'entretien est fait bien tôt le matin, je suis à peu près sûr de ne croiser personne. Pourtant plus j'avance, plus la lumière semble claire…

Avec mes cousins, nous avions dessiné une carte pour ne jamais nous perdre. Il fallait suivre le sentier des renards, prendre à droite jusqu'aux arbres qui s'embrassent. Une petite côte, puis ça redescend avec une grosse flaque de boue tout en bas. Ensuite à gauche en longeant les hortensias, suivre l'odeur du jasmin qui indique qu'on se rapproche des treillages. Lorsque l'arbre tordu est en vue, continuer dans le sens de l'arbre pour tomber sur l'allée principale couverte de rosiers grimpants. Passer six buissons taillés en boule et le chêne est alors visible, en plein milieu du bout de l'allée de droite.

Et quelle n'est pas ma surprise, suant la lourdeur du soir, d'assister à un spectacle inédit. Quatre femmes aux cheveux longs vêtues d'amples tuniques blanches se tiennent la main et tournent autour du tronc. Instantanément, je repense aux histoires de mon oncle. On dirait un rituel de sorcières, mais elles sont trop jolies pour en être… C'est comme Beltane sans les rubans. Elles ne font aucun bruit, gracieuses, légères, nus pieds sans l'herbe. On aurait pu croire des créatures magiques, mais c'était nier la glacière et les sandales en tas un peu plus loin. Probablement, elles n'étaient que des sauvageonnes, venues là pique-niquer après l'heure de fermeture, et avec une bière de trop, les voilà qui dansent ! Je les observais un moment, et sans signaler ma présence je rebroussai chemin vers la maison, intrigué comme on se réveille d'un rêve.

Ce soir-là, couché dans mon lit un peu humide d'adolescent, dans cette vieille bâtisse qui craque, je sentais comme une nostalgie de mon enfance qui me pesait sur l'estomac. Ou peut-être était-ce juste la sensation de faim, car avec tout ça je n'avais même pas dîné. Je cherchais des solutions, j'imaginais aller trouver Lucie parce que son papa est un homme très respecté dans le village qui pourrait éventuellement faire annuler la décision du maire... Mais l'arbre est malade après tout, et avec Lucie quand on se croise on se sourit toujours, mais il y a cette chose qui plane et qui nous gêne un peu...

La nuit a duré cent ans puis le petit matin est arrivé, pluvieux. Personne n'a jamais su, dans cette maison, installer des rideaux occultants dignes de ce nom, et très franchement je ne conseille pas de faire bouger les volets, des familles entières d'araignées y vivent depuis longtemps, bien grasses et bien noires.

C'était le jour.

Il n'y avait rien à manger dans les placards et tous les magasins sont fermés le dimanche. Pas question d'aller à la boulangerie ! Je pensais bien oser aller frapper à la porte de la maison des sorcières, mais il fallait attendre une heure décente pour m'y présenter. Je me sentais triste et gris comme le ciel. Pour réveiller encore quelques souvenirs en attendant l'heure, je décidais d'aller fouiller le grenier, j'espérais y retrouver la carte que nous avions dessinée.

Je n'étais plus monté au grenier depuis l'été de mes 19 ans, où désormais en âge de travailler l'été, nous savions que ce ne serait plus jamais comme avant, et avions solennellement rangé là-haut les raquettes de badminton, les nattes de plage, les seaux, les pelles… Dans un coffre chacun de nous avait mis un objet rappelant nos bons moments. C'était l'époque où les cassettes étaient remplacées par les disques, et avec un peu de chagrin, je me souviens avoir mis ma cassette de *Nevermind* de Nirvana, en me demandant bien ce qu'on allait pouvoir écouter dans la voiture au retour. La fameuse carte était dans ce coffre. Les couleurs étaient un peu délavées et le papier gonflé d'humidité, les bords grossièrement cramés au briquet comme une vraie carte de pirate ! Je farfouillais jusqu'à n'en plus pouvoir de faim, et pensais qu'il était temps d'aller frapper à côté. Je chassais la voix de tonton de mon esprit "Ah, la vieille bique d'à côté a le nez crochu et sa sœur un pied bot ! tu les reconnaitras si tu les croises !".

Leur grand portail en bois n'était jamais fermé et la porte de la maison était sur le côté, en haut de quatre marches en bois usé. C'était une grande porte un peu Art déco, avec des pavés en verre colorés. Pas de sonnette, mais un heurtoir en forme de main, dont l'un des doigts était cassé. Ambiance… Je le soulevais, le relâchais, et attendais…

La porte s'ouvrit doucement en grinçant au bout de quelques secondes pendant lesquelles, sans m'en rendre compte, j'avais retenu mon souffle. Je m'attendais à voir une très vieille femme en guenilles avec un pied tordu, mais ce fut une jeune fille vêtue de blanc qui s'encadra dans la porte. Elle me disait quelque chose... Rapidement je fis le lien avec les hippies de la veille au soir, qui tournaient autour du tronc ! C'était l'une d'entre elles, qui sans même me saluer, me lança :

- Oh vous ! On vous a vu, hier soir !

Gêné, je cherchais quoi répondre pour ne pas avoir l'air d'un fou qui espionne les jeunes filles, alors j'ai dit la vérité à toute vitesse en bafouillant un peu.

- Je ne voulais pas vous importuner, je venais juste voir le chêne avant qu'ils ne l'abattent parce que je le connais depuis que je suis tout petit et j'étais fatigué, il faisait nuit, j'ai retrouvé le chemin par la jungle, j'ai eu le tract dans la boite aux lettres, je pensais que vous ne m'aviez pas vu, excusez-moi et qu'est-ce que vous faisiez là-bas si c'est pas indiscret ?

Elle se moqua de mon malaise évident. Derrière elle au fond du couloir je vis passer furtivement une forme blanche comme un fantôme, et un frisson me parcourut. Elle avait dû sentir cette présence car elle lança sans même se retourner "Julia ! On a de la visite !". Julia s'avança, également vêtue de blanc : encore une de celles d'hier !

- C'est ma sœur Julia. On vous connaît ! Nous sommes les nièces des sœurs qui vivaient ici. Notre père a hérité de la maison quand elles sont décédées et nous habitons là depuis quelques années. On s'est déjà croisés mais je crois que vous aviez peur de nous, ou de nos tantes, ou qu'on était trop petites pour être dignes d'intérêt. On n'a jamais réussi à vous parler ! Et pour répondre à votre question, hier, nous faisions la ronde ! Et vous, que nous vaut l'honneur ?

- Ha, heu... Je n'ai rien à manger chez moi, je suis arrivé trop tard pour faire les courses hier. Vous n'auriez pas un paquet de pâtes à me dépanner s'il vous plaît ? Je vous le rendrai bien sûr.

- Ne soyez pas stupide, rentrez déjeuner avec nous, faisons connaissance, et on ira à la fête ensemble ! dit-elle en se reculant pour ouvrir le passage.

Difficile de décliner... Je dois avouer que j'étais très curieux. Si elles étaient les nièces des deux sorcières, elles n'avaient pas du tout la même dégaine ; les vieilles étaient grises et tristes, alors qu'elles étaient lumineuses. Vraiment. Au point qu'elles firent tourner la météo en créant leur propre lumière. Tout avait l'air léger chez elle et bien vite je me sentis à l'aise. Le déjeuner fut très agréable et j'appris plein de choses sur leurs tantes. Elles avaient bien été mariées dans leur jeunesse, à deux frères marins morts foudroyés lors d'une tempête en mer, et pour lesquels elles avaient fait poser une stèle au cimetière près de l'église : ainsi elles n'avaient pas rendez-vous avec des vampires à la nuit tombée, mais elles allaient rendre visite à leurs amoureux... Chagrinées par le veuvage, elles avaient décidé de vivre ensemble pour se soutenir. Elles savaient ce qu'on disait d'elles, ça les faisait sourire et elles en jouaient.

Je fus très heureux d'apprendre que les filles travaillaient sur une exposition dédiée au chêne, en guise d'hommage. Elles aussi sont d'ici et ont toujours connu cet arbre. Hier soir, c'était une séance photo, je n'avais pas vu les projecteurs, cachés derrière mon buisson, mais ça expliquait qu'il fasse plus clair autour d'elles. Elles ont récolté des habitants des clichés de l'arbre à différentes époques, différentes saisons, cela va de la photo de mariage au goûter d'anniversaire, et nous avons passé longtemps à les regarder, piqués sur de grands panneaux colorés. Je fus surpris de m'y trouver ainsi que quelques membres de ma famille ! Bien sûr, Lucie avait participé, en donnant une copie de ce qu'on appellerait aujourd'hui un selfie raté, pris à l'époque avec un appareil photo jetable. On voit nos deux visages, un morceau de mon index, et le chêne en arrière-plan. Galvanisé par mon début d'après-midi, vite avant d'aller à la fête, je repassais par la maison récupérer les trésors que j'avais trouvé le matin-même dans le grenier afin d'apporter, avec joie, ma pierre à l'édifice.

Je les aidais à choisir la meilleure photo de leur ronde, nous choisîmes celle, parfaite, prise à l'heure dorée préférée des photographes : elle serait le clou de l'exposition, et tellement forte de symboles. Je prêtais également notre carte, glissée à la hâte dans un cadre trouvé lui aussi dans le grenier. Elles me promirent que je pourrais ce soir récupérer tous mes trésors.

A seize heure tout le secteur sentait la barbapapa, et moi j'avais un peu la nausée mais je ne saurais dire si c'était l'écœurement de l'évènement à venir, le vin du déjeuner, ou l'odeur trop sucrée qui planait partout. Tôt le matin, des ouvriers avaient délimité un large cercle autour du chêne pour pouvoir l'abattre sans blesser personne. Les tronçonneuses étaient déjà à l'attaque et minute par minute, mon chêne se dénudait. Les bras lui tombent, il perd la tête, autour des hommes s'agitent à ramasser ses pelures. Tout est fait pour que chacun puisse voir de loin, on dirait la guillotine des temps jadis. Les gens s'affairent autour des panneaux colorés à peine installés, souriants et heureux de se reconnaître sur les photos...

Le crime aura lieu à dix-sept heures. D'ici là amusez-vous, lance le maire dans son micro. Je passe un long moment près des panneaux à photographier les photos, pensant que ça fera plaisir à ma famille de les voir aussi. Je réalise que le chêne est véritablement comme un grand-père, présent sur tous les clichés des évènements importants.

Le temps est lourd. Lourd le cœur, lourde l'atmosphère, la chaleur, le bruit du monde autour et des outils d'élagage dont je tente de faire abstraction. Je traine ma peine en essayant tant bien que mal de garder le sourire. J'ai l'impression que tout le monde est content d'être là, et je me sens profondément seul au milieu de la foule.

L'heure arrive, bon gré mal gré, et nous nous agglutinons comme aux arènes d'Orange, pour regarder tomber le géant. Ça scie, ça cogne, ça ronge le bois et les boyaux, les dents se serrent, on croit que ça bouge mais ça ne bouge pas, c'est comme une lente agonie... C'est dur et ça dure, on lui fait des saignées, il plie mais ne rompt pas, il grince, sûrement qu'il a mal pendant que les gens papotent. Moi j'ai les mains moites et le cœur au bord des lèvres, j'ai presque froid dans cette chaleur, malgré le monde qui me colle aux basques.

Et puis il tangue droite gauche et soudain lâche prise. Ça fait ho ! ça fait ha ! ça fait du vent, de la poussière et enfin un gros floup. Les gens se taisent, puis de nouveau chuchotent. Quelqu'un a mis sa main dans la mienne pendant que je serrais les poings. C'est Lucie.

Et durant tout ce temps, le saule pleurait, pleurait...

Cédric, grand brun au visage pâle, grandes mains de pianiste, profitait de son trajet pour regarder sur son téléphone de vieux clichés sur lesquels figurait le même arbre, toujours.

Essai sur la minceur

Je profite souvent de mes voyages en train pour lire les mails des lecteurs. Le journal dans lequel je travaille offre la possibilité de publier quelques témoignages triés avec soin sur des thèmes oubliés des autres. Le courrier de Mathilde m'émeut. Il commence ainsi :

"A l'approche de l'été, et si l'on essayait de parler un peu de celles à qui il manque cinq kilos pour la plage ?"

Mathilde semble bien connaître le sujet et la suite de son courrier achève de me convaincre que oui, on devrait en parler, mais pas qu'un peu.

Toute l'année mais surtout avant l'été, sur internet et à la télévision fleurissent les publicités pour perdre du poids, pour le dernier régime à la mode. Un supplice pour ceux qui se bagarrent depuis des mois non pas pour *perdre*, mais pour *prendre* du poids. Chacun pour des raisons personnelles. Une rupture, trop de travail, le stress, des angoisses, un problème psychologique, une anorexie qui s'est sournoisement immiscée.

Je me permets de remettre les pendules à l'heure pour tous les esprits étriqués : l'anorexie peut effectivement toucher des jeunes filles (et garçons !) qui veulent maigrir pour ressembler à des modèles qui ne sont pas les bons, mais ce n'est pas seulement ça. C'est une mécanique psychologique complexe et ancrée, difficile à décrypter, une envie de se rendre invisible, une blessure de l'égo, un manque d'amour mal digéré. "Notre besoin de consolation est impossible à rassasier"[14], comme dit l'ami de la dépression.

Chacun de nous traverse dans la vie ses propres épreuves, des départs, des trahisons, des déceptions, des deuils, des échecs. Aucun discours moralisateur ne peut apaiser le chagrin à l'instant T, c'est à chacun de gérer ses émotions et tout le monde ne le fait pas de la même façon. Certains se font violence, prennent les armes au lieu des larmes, certains font l'autruche et attendent que ça passe, certains ne ressentent rien, certains se font une raison, passent à autre chose ; d'autres donnent tout et n'arrivent pas à se résoudre à la peine, ils pensent que c'est une punition, ce sont ceux qui cogitent trop. Notez que, dans la vie, c'est toujours plus enrichissant de discuter avec quelqu'un pétri de doutes que trop plein de certitudes.

Parfois l'on se sent amputé, diminué, minable, et quand on ne sait pas le dire, on voudrait que ça se voit. Autant être honnête : cette stratégie violente et inconsciente est totalement inefficace, et elle ne fait rien que du mal à celui qui souffre déjà car les gens dont on espère attirer l'attention s'en foutent la plupart du temps.

Il y a cette jeune fille qui a depuis longtemps cette tendance, quand ça ne va pas, non pas à ne plus vouloir manger, mais à ne plus pouvoir. La mécanique du corps se grippe, elle dit avoir faim à l'intérieur, il y a un manque de quelque chose, de quelqu'un, de bouffe, mais elle n'est plus capable. Ça ne passe

---

[14] Stig Dagerman, *Notre besoin de consolation est impossible à rassasier*

pas. Pas de chance, elle est faite de telle sorte qu'en sautant un repas, elle a déjà perdu un kilo. Ça fait hurler "les autres", ceux qui disent qu'à la simple vue d'un croissant, la balance s'affole déjà. Mais non, c'est loin d'être une chance.

Cette petite mascarade peut durer un jour. Deux. Une semaine. Davantage même. Et l'on tire sur la corde du funambule jusqu'à la dégringolade, et la voilà six mois plus tard, au bout du scotch, dans le cabinet d'une diététicienne qui lui montre avec un grand sourire son carnet de recettes spéciales cachectiques. La dame a dit : dénutrition. Quarante-huit kilos pour 1m67 c'est peu, mais c'est moins pire que pire, disons qu'elle a pris le problème à temps. D'autres sont bien plus en danger qu'elle.

Avec la dénutrition s'invite un cortège de potes sympathiques : carences, boutons, malaises, sueurs nocturnes, fatigue intense, découragement, quand on ne mange plus l'estomac rétréci et ça fait mal, ça fait très mal, ce creux. Evidemment, le corps qui change, on ne se plaît plus, ça n'aide pas, les fringues sont trop grandes, on perd ses cheveux ternes... Rien à vomir, ça fait mal aussi. Pas de resto avec les copains, la peur au ventre de vomir tout ce qu'on mange, émétophobie et puis voilà l'isolement social, de toute façon, personne ne comprend. Comprenez-bien que quand on a la peur au ventre, c'est dans le corps, il n'y a aucune façon de s'en éloigner. Quand on a peur d'une araignée, on s'en va.

En sortant de chez cette diététicienne, elle était vidée, choquée. Parée de mille conseils à appliquer qu'elle veut bien vous partager, après tout, ça peut servir : le premier de ces conseils c'était "Mangez ! ". Merci Madame... Buvez du jus de fruit en emballage opaque (la vitamine C, explique-t-elle, s'évapore à la lumière, il faut donc bannir les emballages transparents). Ajoutez, dans tous les plats où vous le pouvez de la poudre de lait entier, pour gonfler les calories. Mangez des petites choses, plus souvent. Faites-vous du riz au lait, des trucs qui plombent.

S'est engagée alors une course aux calories. Pour faire simple, l'humain adulte doit ingurgiter environ deux-mille calories par jour. Elle était à huit-cents. Pour info, une mini barre chocolat-caramel-noisettes, c'est un peu moins de cent calories. Il lui a fallu modifier complètement ses habitudes. Remplacer le café au lait par du chocolat au lait, prendre du lait bouchon rouge et pas bouchon bleu, mettre du beurre et de l'huile un peu partout, manger des cochonneries, des pâtes de fruits, des pains au chocolat, du pain, du fromage, du pâté, boire du coca, se bousiller les dents avec tout ce sucre, risquer de faire exploser son niveau de cholestérol, mais reprendre du poids à tout prix.

Elle a dû apprendre à retrouver confiance en elle, chercher des techniques pour se rassurer, voir 42 "médecins", celui qui prescrit des antidépresseurs qui font vomir (merci de ruiner ses efforts), le Saint qui lui a donné des anxiolytiques (ne soyez pas réfractaires, c'est une béquille, a-t-il dit), un magnétiseur, une hypnotiseuse, un acupuncteur, une sophrologue, une esthéticienne magique qui pratique la médecine chinoise et a réussi en deux heures à lui dénouer le ventre. Elle s'est enfermée dans la réserve à la pause déjeuner, consacrant trente minutes à manger, trente minutes à dormir pour digérer, en équilibre sur deux chaises, dans le noir. Elle s'est déclaré la guerre. L'acte naturel de manger est devenu une bataille à mener trois fois par jour, voire plus si possible.

Fatigant.

Parce que malgré ce poids à l'âme –et pas au corps– elle tente de mener une vie normale, a prévu de partir en vacances cet été et ne veut pas flotter dans mon maillot sur la plage. Parce que dans toute cette aventure malsaine, on se déçoit, on se fait peur, on se fait honte ! On inquiète sa famille, on se bat pour essayer de faire comprendre comme c'est dur, pour trouver quelqu'un qui soit assez cool pour ne pas juger quand on prend trois feuilles de salade pour finalement n'en manger qu'une. Parce que dans le cerveau collectif, être en bonne santé et aimer la vie, c'est aimer manger, c'est aimer les bouffes entre potes et les diners de famille interminables.

C'est donc un vrai problème de société.

Elle vient de fêter ses 27 ans, pèse 52,4 kilos. Il y a eu des hauts et des bas, c'est un bon début, mais elle n'a pas encore atteint son poids de santé.

C'est aussi difficile de prendre du poids que d'en perdre, et aucune publicité ciblée ne vous donne d'astuce. C'est aussi difficile de se sentir jugé pour être mince comme un fil, et c'est aussi, parfois, un état de fait aussi incontrôlable que d'être en surpoids. Alors une bonne fois pour toute, elle aimerait bien qu'on parle un peu plus souvent de celles et ceux qui sont trop maigres et qui veulent grossir.

Peut-être qu'alors, ça aura l'air moins bizarre, ils seront contents qu'on parle d'eux, qu'on les aide à trouver des solutions comme on aide ceux qui veulent maigrir. Peut-être que ça les rassurera de se sentir exister, moins seuls, de trouver une place, et qu'alors ils iront mieux. Qu'ils n'auront plus envie de disparaître parce qu'un jour ils se sont sentis mis de côté, mal aimés. Avec de l'attention, du respect, de l'amour, et de la confiance, cette maladie n'existerait peut-être pas…

Mathilde me précise qu'elle a eu la chance de croiser trois bonnes fées[15] sur son chemin, qui sans le savoir, par leur gentillesse, leur écoute et leur patience, l'ont aidée à mettre un pied devant l'autre. Elle veut les remercier, et espère être un jour la fée de quelqu'un d'autre.

Prenez-en de la graine.

---

[15] Petite Gueule – *Moi j'crois aux fées*

De celles qui...

Qu'a pu penser Maryse aux pieds engourdis lorsqu'elle s'est levée pour traverser les wagons jusqu'à celui de la restauration, en passant devant celui du club des Mamans ?

Six femmes toutes différentes, parfois accompagnées de leur(s) enfant(s). Six femmes dans le même wagon, celui de la maternité. Ce seront ici leurs portraits inventés, leurs chemins de mères sur la terre, leurs choix.

Lorsque j'avais 8 ou 9 ans, le soir en m'endormant, j'imaginais ma vie sans elle, sans elles, sans lui, sans eux. Comme pour me purger à l'avance d'une peine inévitable –car les gens finissent tous par partir– : je croyais être prête, j'avais déjà brisé les liens d'attachement pour pleurer un peu moins fort le jour où... Ça n'a pas vraiment bien fonctionné. Les gens passent dans nos vies, je crois que lorsqu'on on aime un jour, on aime toujours, mais autrement, plus doucement, et avec le temps ça finit par faire un peu moins mal.[16]

On dit qu'on ne choisit pas sa famille. C'est vrai pour l'ascendance, un peu moins pour la descendance lorsque que l'on fait le choix ou non d'être parents. Quoi qu'il en soit, s'attacher à un être et donc à un enfant, c'est prendre le risque qu'il faille un jour le laisser partir. C'est difficile. Qu'il grandisse tout à fait normalement jusqu'à s'émanciper, ou qu'il nous soit tragiquement enlevé.

---

[16] Supertramp – *Logical Song*

J'observe Maryse et ces femmes en tâchant de faire la lumière sur mes propres angoisses. Ça sert à ça aussi, d'étudier les âmes.

1- Celle qui devait se marier.
2- Celle qui n'avait rien prévu de tout ça.
3- Celle qui vivait de grandes aventures.
4- Celle pour qui c'était compliqué.
5- Celle dont on ne croyait pas qu'elle serait la première.
6- Celle qui dit "ce n'est pas ma fille".
7- Celle qui voulait bien mais n'a pas eu le temps.

1-   Celle qui devait se marier

Il est pompier, elle géomètre. Un couple étrange qui s'est rencontré sur les bancs de la fac. Ils s'aimaient vachement. Pas vachement comme "beaucoup", vachement comme l'amour vache.

Lui, il avait toujours un avis très tranché sur tout, c'en était parfois difficile de mener une discussion constructive : un homme qui dégouterait n'importe qui aimant débattre et ayant la verve pour. Dans la vie il vaut mieux être convaincu pour soi sans chercher à convaincre, ça allègerait bien des dîners.

Il avait acheté un appartement pour eux deux sans la consulter et ça l'avait plutôt fâchée, ce que je peux aisément comprendre. Un jour il lui a fait sa demande en mariage, et elle a dit oui comme si ça ne méritait pas réflexion plus que ça. Hop, funambule avec un fil à la patte. C'était le printemps, les cerisiers bourgeonnaient, elle avait prévenu ses copines, et commencé à organiser tout ça D'autres, seul(e)s au même âge, pleuraient de désespoir à l'annonce de cette grande nouvelle, parce que le romantisme ça n'arrive qu'aux autres... Ma foi, on ferait toujours mieux de penser que ce qui doit arriver arrive et ce qui ne doit pas se faire ne se fait pas.

C'est toujours long d'organiser un mariage. Je ne sais pas à quel moment exactement entre le choix du traiteur et du DJ, elle a compris qu'il n'y en aurait pas, finalement, de mariage.

Twist : La jolie blonde a rencontré quelqu'un d'autre, le pompier n'a plus qu'à pleurer pour éteindre l'incendie de son cœur.

Ni une ni deux, elle a fait ses valises, quitté le domicile conjugal de Monsieur, et est retournée chez ses parents. Mais c'est qui ce garçon, ce coup de cœur, ce coup de tête ? Il sort d'où ?

La jolie blonde qui s'était presque fait un nœud au cou a réussi à le dénouer in extremis avant d'étouffer, et cette histoire ne s'arrête pas là. Cet autre qui a fait irruption sans crier gare est toujours bien en place et ils sont désormais parents de deux enfants.

C'est étrange la vie... Comment a-t-elle pu passer tant d'années avec le même garçon, parler mariage, planifier puis tout annuler pour bâtir plus fort encore en moins de temps qu'il n'en faut pour dire ouf, avec un autre homme ? Comment, dans les premières heures d'un nouvel amour, la question de faire des enfants, qu'on ne s'était jamais vraiment posée avant, peut-elle arriver si vite ? Ce pourrait être un piège, mieux vaudrait alors jouer des bielles ! Serait-ce la passion des débuts qui fait tourner la tête des gens ? Sont-ce les papillons dans le ventre qui mettent la tête à l'envers ? Je ne sais.

Une folie.

La voilà avec son ainé, peut-être en route pour chez Papi et Mamie. Il est calme, mais il change de jouet toutes les deux minutes. Les chiens ne font pas des chats.

Celle-ci ressemble à Céleste...

Elle a déjà traversé dans sa vie un bon paquet d'épreuves, vécu dans mille endroits différents en France et à l'étranger. Elle est bohème, très mince, cheveux roux et teint de porcelaine, d'une forte bienveillance mais faut pas dépasser les bornes non plus. Deux enfants mignons et bien élevés, dont elle avait choisi leur papa plus âgé qu'elle ; oui, des fois la vie c'est comme ça. Elle avait connu des instants pas très rigolos, sur le fil du rasoir, pleins d'angoisses au corps, et elle fait partie de celles qui ne se sont jamais senties aussi bien qu'enceintes, remplies d'autre chose que de leur propre vide.

Le problème quand on a des enfants sur le tard c'est qu'ils ont conscience, plus tôt que les autres, que leurs parents vieillissent. J'en sais quelque chose, j'ai été conçue après quarante ans, et tous mes camarades de classe croyaient que c'était ma grand-mère qui venait me chercher à la sortie de l'école. Je n'ai jamais eu honte, ma maman est une femme qui en impose et si je le pouvais, je la baladerais sur un bouclier comme le chef du village d'Astérix.

Donc, fatalement au bout d'un moment il y en a qui est usé jusqu'à la corde, et l'autre qui s'imagine avoir la vie devant lui. Alors ils se sont séparés. Elle a rebondi comme elle le fait toujours, s'est trouvée quelque peu désemparée puis tout s'est enchainé, elle a trouvé un appartement du bonheur avec un balcon pour planter des fraises des bois et une nouvelle vie a commencé avec une garde alternée pas forcément des plus simples. Et un autre homme.

D'une gentillesse rare, doux comme une mélodie du soleil nord-africain. Un lutin qui laissait des cadeaux loufoques aux enfants et tentait de trouver sa place. Un jour, un peu vite, son ventre s'est arrondi. Elle l'a caché comme elle a pu, parce que ce n'était pas prévu, parce que l'appart était trop petit pour cinq, parce que le boulot ne payait pas très bien, que la vie c'était déjà un peu compliqué, qu'elle ne savait pas justifier ce qui lui arrivait. Non, ce n'était pas prévu, mais après tout on n'a pas besoin de se justifier.

Je ne sais pas comment au début d'une histoire ou les choses sont compliquées, on peut choisir de garder un enfant imprévu même si on ne sait pas où on va pouvoir le mettre quand il sera là. Est-ce que quand on a déjà été maman la montagne semble moins haute et tout le bonheur attendu pèse plus lourd que les éventuels tracas du quotidien ? Est-ce que quand on refait sa vie plus âgée, on se dit qu'on a moins le temps d'attendre pour faire des enfants ? Est-ce qu'elle s'est dit, si je veux vivre ça encore une fois, c'est maintenant, après ce sera trop tard ? Il parait qu'il n'y a pas de vrai bon moment pour faire un enfant. On croit qu'il faut se marier d'abord, avoir une maison avec une chambre pour lui, pour elle, être stable financièrement, avoir un boulot. Pour certains, partir en province parce que "c'est terrible d'élever un petit à Paris". Mais en fait non. Ça arrive, et ensuite on agit en fonction.

Quid de celles et ceux qui aiment tout contrôler dans la vie ? Ne se lancent-ils jamais dans l'aventure ?

Mais alors, si l'on croit qu'il faut remplir des conditions précises et que finalement pas, pourquoi faut-il nécessairement attendre d'avoir trouvé le père ? Puisqu'il n'y a pas de règle à suivre. Pas de règles. Plus de règles. Ça a du sens pour nous les femmes, non ? Faire un enfant ça efface les règles.

S'il n'y a pas de règle ce n'est pas un jeu, alors c'est du sérieux.

La voici avec son plus jeune dans les bras, attentive à la conversation et le surveillant de l'œil le plus doux qui soit.

3-   *Celle qui vivait de grandes aventures.*

Celle-ci est une foldingue, je le vois à ses vêtements colorés et sa coupe de cheveux déstructurée.

Elle raconte le stage qu'elle est en train de faire en ce moment, comment elle a aménagé son bureau, explique que sa charge de travail n'est pas très lourde et qu'elle a ainsi le temps d'écrire son roman.

Elle est charismatique, elle parle bien et a un rire sonore plutôt communicatif, un vrai boute-en-train. Pourtant il n'y a pas si longtemps, c'est sur la corde raide, qu'elle se promenait…

Il y a longtemps, elle était avec un garçon depuis un petit moment et elle voulait se marier, mais un bébé beurk hors de question. Et comme dans la vie, ce qui doit se faire se fait et ce qui ne doit pas se faire (*etc.*), un jour le type est parti, et comme il n'y avait plus du tout la possibilité de choisir de le faire ou non, qu'il s'agisse de mariage ou d'enfant, finalement ça la travaillait de ne pas pouvoir le faire. On est (in)cons(tants) des fois…

Elle a mené sa vie, elle est retournée vivre chez sa maman le temps de se requinquer un peu et pouvoir quitter le domicile conjugal. Ensuite elle a pris du temps pour revenir dans la société et retrouver ses copines. Lors d'un gala elle a rencontré un américain vrai de vrai, de passage en France pour le boulot. Elle qui adorait voyager avait vécu six mois en Angleterre pour travailler son anglais. Elle pouvait aisément dialoguer in english all day long avec celui-là, qui devint son boyfriend. Lorsqu'il dut rentrer à New York, elle le suivi quelques mois le temps du visa de séjour. Et puis il y eut un mariage et un déménagement dans le sud des Etats-Unis, ambiance propice pour elle à la rédaction d'un roman sur la culture sudiste.

C'était un début janvier. Ça faisait à peine un an qu'ils étaient mariés, et son Américain, lassé d'on ne sait quoi comme le sont parfois les hommes, un matin paf, a demandé le divorce. En deux semaines c'était plié. Ah, ces américains !

Penaude, n'y pigeant rien, blessée de son fil barbelé à la patte, elle rentra (encore) chez sa mère, chuchotant pas trop sûre d'elle et coléreuse qu'elle finira par le faire toute seule, ce bébé, après tout.

Non, un bébé c'est forcément deux personnes, on se fiche que ce soit deux hommes, deux femmes, un homme et une femme, un vieux une jeune ou une vieille un jeune, mais ça doit être deux personnes, qui, idéalement, s'aiment, non ? Un bébé c'est forcément une somme. Et biologiquement, quelle que soit la grandeur de notre ouverture d'esprit, pour faire un enfant il faut les attributs d'une femme, et les attributs d'un homme, même si on peut se passer de l'amour.

Mais… nous vivons dans une époque où certaines femmes sont fières de vous dire que non, on n'a pas besoin des hommes. La fameuse charge mentale ne reposant que sur les femmes (d'ailleurs il n'y a pas de papa dans le wagon du club des mamans. Maryse se demande s'il y a un wagon papa quelque part…), elles sont colères, les femmes. Ceci est très déroutant… Un enfant dans le meilleur des cas c'est la suite logique de deux personnes qui s'aiment et choisissent d'en avoir. S'ils choisissent de ne pas en avoir, c'est que cela ne devait pas se faire. Si une femme ou un homme, malgré un désir d'enfant, ne rencontre pas sa moitié, c'est que cela ne devait pas se faire. Mais il parait que le désir d'enfant inassouvi créé la frustration et fait mal jusque dans la chair. Alors les femmes peuvent facilement faire des enfants seules, les papas ne sont plus à la mode[17]. Ici, tant pis pour l'amour conjugal sacrifié à l'amour filial, et qu'importe le flacon pourvu qu'on ait l'ivresse. Cet enfant grandira sans père, ce qui ne veut pas dire sans repères. Tandis qu'un père, qui pourrait ressentir aussi ce désir violent d'avoir un enfant, ne pourra jamais mener cette aventure tout seul. C'est très injuste. On parle d'enfant comme de "suite logique" ou bien d'"accident", il y a rarement d'entre-deux, ce n'est pourtant rien d'autre, physiquement, qu'un entre-deux...

Pour autant, le calcul reste le même : mathématiquement, un plus un n'a jamais fait trois, et d'ailleurs, cette jeune femme au milieu des mères, elle est toute seule.

---

[17] J-J Goldman – *Elle a fait un bébé toute seule*

4-   *Celle pour qui c'était compliqué*

Parce qu'adolescente on ne doute de rien et que parfois le temps passe trop vite, on peut s'imaginer que la magie bébé opère dès l'arrêt de la pilule. Certaines arrêtent en novembre parce que ça leur file des boutons, que "de toute façon tout le monde galère pour avoir des bébés" et se retrouvent avec des jumelles pour Noël en restant persuadées que ça n'arrive qu'aux autres.

Ça n'a pas marché pareil pour celle pour qui c'était compliqué. La trentaine, pas mariés mais très amoureux depuis de longues années, avec une chambre disponible et un appartement accueillant, ils ont essayé pendant des mois et des mois, en vain. Oui, le désir inassouvi d'un enfant peut faire mal au cœur et au corps. Je la vois toute frêle et petite sur son grand siège, fatiguée mais les joues roses de bonheur pour le joli ventre rond qu'elle arbore enfin. Pour ça, il a fallu en passer par de lourds traitements, des dizaines de rendez-vous à l'hôpital, des piqures qui font la peau dure, des hormones qui bousculent les émotions, des larmes, des frayeurs, des rendez-vous coquins imposés par la date et perdant de leur spontanéité. Littéralement, ne plus vivre que pour ça en attendant que ça prenne. C'est terrible pour la femme qui n'y arrive pas, terrible pour son égo, terrible pour son corps, terrible de voir toutes ces autres qui tombent enceintes comme elles achètent une baguette et se pavanent avec leurs gros bidons. Terrible pour son compagnon qui ne peut rien faire que de la soutenir. Terrible parce qu'au bout d'un moment le couple a mal de façon séparée et ça devient risqué s'il n'est pas assez solide. Ça donne du fil à retordre.

Et puis un jour ça prend. Enfin ! Ce sera un petit garçon, et cet enfant est une réussite, il rend ses parents très heureux, ses grands-parents aussi, il a une jolie bouille toute ronde et en grandissant ne manque pas d'espièglerie.

Et puis avec le temps, un seul enfant, ça ne suffit plus et même s'ils savent que ça va de nouveau être compliqué, ils veulent essayer encore. En tout cas, elle veut essayer encore. Une idée fixe, prégnante (où l'on s'aperçoit qu'en anglais, enceinte se dit "pregnant"). Où trouve t'on cette force ?

Elle raconte ici à ses copines toute la difficulté du couple, les peurs, les insécurités, les hauts, les bas, la collègue de boulot de Monsieur qu'elles choisissent de détester, comme tout devient bancal soudain, et la grande discussion, ce qu'il est imaginable de faire avec le petit au milieu, ou de ne pas faire, et ce qu'elle veut, elle, profondément au fond de sa chair. Un enfant encore, coûte que coûte. Elle a le géniteur, impossible d'avorter (comme le mot prend tout son sens) ce projet.

Pour ce deuxième round, on annonça des jumelles, d'où les joues roses. On pourrait penser qu'avec un seul bébé, si ça se passait mal ce serait plus simple, et qu'avec deux, ce serait la catastrophe. Mais finalement, autant qu'il y a à manger pour trois s'il y a à manger pour deux, les bébés c'est pareil. Un couple avec enfants qui se sépare, c'est nul et triste, qu'il y ait un, deux ou cinq enfants. Pourtant souvent, c'est mieux comme ça.

Troublante, cette forme de renonciation à soi qui s'opère quand on devient maman. C'est comme si l'on n'était plus femme, ou fille de quelqu'un, ou conjointe de quelqu'un, on devient juste maman de quelqu'un. Tant pis si le cœur a souffert d'avoir été trompé, seul l'enfant compte. Tant pis si le bidon est couvert de cicatrices, seul l'enfant compte. Tant pis si l'on a à peine le temps d'aller aux toilettes, de dormir la nuit ou de se doucher, seul l'enfant compte. La maman s'oublie. La femme s'épuise. Pour cette deuxième grossesse de celle pour qui la première avait déjà été une lutte, il en sera ainsi mais elle ne le sait pas encore. Il lui faudra rester au lit, arrêter de travailler, bien manger.

Subir, c'est si loin de l'image que l'on se fait d'une grossesse que c'en est décevant.

Je crois que les enceintillantes sont des menteuses.

Celle dont on ne croyait pas qu'elle serait la première

Brunette super chouette. Bien habillée et brillamment maquillée (où trouve t'elle le temps, avec ses deux enfants ?), son parfum plane dans l'air plus fort que tout le reste. Sa fille est la plus grande des enfants présents, et le portrait craché de sa maman.

De ses années de collège et de lycée, la brunette n'en garde pas de bons souvenirs. Malmenée par ses camarades de classe, élève moyenne un peu désorientée, je crois qu'elle a tout misé sur sa réussite personnelle plutôt que professionnelle. C'était le début des années 2000, elle se réconfortait à grandes coups de séries télévisées pleines d'amour sucré et calligraphiait des prénoms masculins dans son agenda. Pas d'amoureux dans la vraie vie, mais ça viendra.

Quelle jeune fille le soir dans son lit n'a jamais imaginé le plan parfait de sa vie ? A dix-huit ans on se rencontre, à vingt on se marie, à vingt-deux on aura notre premier enfant. En définitive, ça n'a fonctionné pour personne sauf pour elle.

Tandis que d'autres enchainaient les petits copains, patiemment elle attendait son tour sans prendre le risque d'avoir le cœur brisé par une erreur de casting. La brunette n'en a connu qu'un, avec lequel elle s'est mariée et a fait deux beaux enfants. One shot. Tout bon du premier coup, de fil en aiguille, comme si elle l'avait soigneusement attendu et choisi parce qu'il était parfait. Tout le monde galère, elle est première de cordée.

Elle avait tout de la "femme papillon". Elle s'est épanouie très tôt, les autres l'enviaient un peu, et la jalousie ça rend mauvais. Elle avait deux petits frères dont elle s'occupait beaucoup, ce qui lui conférait déjà une espèce d'instinct maternel que d'autres n'ont pas. Elle avait ce truc de vouloir non pas devenir grande, mais devenir femme. Epouse. Mère.

Sidérant. A vingt ans d'autres étaient fières de prendre leur envol, de partir vivre seules, de profiter de leurs années d'études pour sortir, prendre des cuites mémorables, aller dans les festivals et rencontrer des potes. D'autres encore visitaient le monde, trouvaient des apprentissages pour se faire un métier. Elles démarraient dans la vie, quand la Brunette attaquait avant tout le monde ce qui est considéré comme l'accomplissement ultime de la Femme : porter la vie. Et pas une ombre au tableau. Voilà plus de quinze ans que tout roule pour elle.

Oh, comme Maryse blêmit en observant cette jeune femme…

Mais elle est loin d'imaginer, Maryse, dans quels tourments se trouve l'une des voyageuses, qui certes n'a pas son âge, mais se pose pourtant bien des questions…

Paraît que fabriquer un enfant c'est magique, que ça s'étire comme ça, la peau, que ça fait de la place pour lui, pour elle. Que certaines femmes ne se sont jamais mieux senties dans leur corps que lorsqu'elles portaient la vie. Paraît que d'autres en ont bavé pendant neuf mois de ne pas pouvoir fumer une clope ou boire une bière tranquille au printemps qui vient.

Elle se cherche mille excuses et s'est bâtie une théorie-alibi qui pour l'instant tient la route : les seules femmes autour d'elle qui ont des enfants ont aussi des petits frères ou des petites sœurs. Ça semble moins évident pour les enfants uniques ou les cadets.

Elle est toute seule au milieu du club des Mamans, fil[le] [de chemin] de fer... Elle parle à ses amies, timidement je trouve, presque en s'excusant de n'être pas de celles qui... Elle parle de l'enfant de son conjoint.

Blondinette comme elle, elle a l'âge d'être sa mère. Elle ne l'aurait pas élevé pareil, parfois c'est un peu frustrant. Même si elle la chérit très fort, pour autant, ce n'est pas son enfant. Elle a une maman bien à elle, présente. Elle est pleine de bons principes, mais elle n'a pas d'enfant à elle, alors on la fait se sentir un peu illégitime au milieu des mères : Annie Ernaux dans l'*Evènement* parle de se sentir "l'invitée en surnombre d'un rituel dont le sens lui est inconnu". Renvoyée dans ses vingt-deux à chaque occasion. "Tu ne peux pas comprendre". "Tu verras quand t'en auras un à toi", avec un sourire presque mesquin qu'elle vit comme une piqure d'araignée. Littéralement. Elle voit ces mamans dans les visages des araignées d'Odilon Redon, mixées avec les grandes pattes de celle de Louise Bourgeois. N'importe qui s'en éloignerait !

Ce n'est pas qu'elle ne veuille pas d'enfant, c'est qu'un peu comme Maryse, jusque-là la question ne s'est jamais posée. Et probablement quand il s'agit de familles recomposées, la question se pose moins fort pour celui ou celle qui a déjà expérimenté la parentalité, ou avec moins d'urgence puisque ce désir primaire est déjà assouvi. Possible que ce soit moins tentant pour celui qui a déjà connu les couches, les pleurs la nuit, les biberons à heures fixes, la fatigue trainante et les joies des premiers babils.

Quoi qu'il en soit, elle avait la peur au ventre, et c'est tout ce qu'il voulait bien contenir. A batailler parfois avec ses propres angoisses, elle avait du mal à s'imaginer devoir apprendre à apaiser celles d'un autre, d'un tout petit qui n'aurait pas ses armes gagnées au fil des années et parfois finalement si peu fiables… Ce n'était pas dans ses cordes.

Il lui devenait difficile de répondre à la question qui, à trente ans révolus, revient bien trop souvent : "et toi c'est pour quand ?", l'implacable "je ne sais pas" déconcertait son interlocuteur et la mettait dans l'embarras. Hop, faire l'autruche. [18]

S'en trouver embarrassée, ce n'est pas juste, pensait-elle. Pourquoi se trouver embarrassée quand on l'âge et qu'on

---

[18] Erik Satie – *Gymnopedie1*

n'agit pas ? Pourquoi les gens pensent que c'est la destinée logique d'une femme dans un temps donné ? Ça ne nous ferait probablement rien si ce n'était pas à cause des autres. "L'enfer c'est les autres", qu'il a dit, le p'tit mec à lunettes. Je la sens perdue, cette jeune femme. Perdue à essayer de comprendre quelle est sa place. Toutes ces autres portent la croix dont elles pensent être honorée.

Une qui a parlé intelligemment, c'est Virginia Woolf dans *Une chambre à soi*. Un concept qui plaît beaucoup à notre jeune effrayée : avoir sa chambre importe souvent bien plus aux jeunes gens qu'aux adultes. Quand on est grand on n'y fait plus que dormir, tandis qu'avant on y jouait, on y rêvait, on y créait, on y fabriquait des secrets. Virginia dans les années trente (mais oui ! on s'offusquait déjà !) s'attache à démontrer que dans une société patriarcale, et face aux multiples sacrifices féminins, il serait bon d'être un peu chic et d'offrir à chaque femme, au moins, une chambre bien à elle.

Elle résume par ce souhait, qui n'a l'air de rien, l'entière pensée et le nœud de son instabilité : elle voudrait bien une chambre pour jouer, pour créer, pour rêver. Mais… Pour elle. Pour sa propre légèreté.

Par la force des choses, les mamans oublient d'être égoïstes et c'est contrariant, parce que parfois, ça fait un bien fou…

Maryse l'observe de loin. C'est bien d'elle dont elle se sent le plus proche tout en pensant "ma vieille, je comprends si bien, mais attention à ne rien regretter".

Courageuse, travailleuse, élevée dans l'idée qu'une femme ne doit pas dépendre d'un homme et gagner sa vie de façon honorable. Maryse a fait des études pour avoir un travail qui lui plaisait moyennement mais lui assurait son indépendance financière et la joie d'avoir des histoires de bureau à raconter à son mari en rentrant le soir. Maryse était heureuse dans la vie, et amoureuse de cet homme qui prenait soin d'elle et dans le regard duquel elle se sentait appréciée à sa juste valeur.

Droite dans ses bottes, elle se disait bien qu'un jour, elle aimerait bien qu'on l'appelle maman. Un jour.

Pour autant, les années passaient et jamais le sujet d'un bébé n'était réellement évoqué. Et puis Maryse a eu quarante ans, les copains sont venus fêter ça en grande pompe, il n'y avait pas assez de place sur le gâteau pour quarante bougies, il y avait les enfants de ce couple d'amis, les amis des enfants des voisins, et tout d'un coup tous les néons de son cerveau se sont mis à clignoter sauvagement. La crise de la quarantaine qu'ils disent ; toujours est-il que lorsqu'enfin elle prit son courage à deux mains pour mettre de l'ordre à ses idées, en discuter sérieusement avec son mari, et qu'avec des yeux pleins d'amour il lui répondit que rien ne lui ferait plus plaisir que d'avoir un enfant avec elle, et bien il était trop tard.

La magie pour eux n'a jamais opéré. La formule était pourtant complète, amour, désir, place, argent, temps, sagesse des années, des tas de cordes à son arc, mais pas celle-là. Ce qui ne doit pas se faire, ne se fait pas, n'est-ce pas… Un désir rangé bien longtemps devenu ardent, encore plus ardent qu'il était impossible à assouvir. Les médecins ne furent d'aucune aide, il était trop tard un point c'est tout.

S'en suivirent de longues années de psychothérapie pour lui, et une longue dépression pour elle. Il essayait de comprendre ce qui avait pu les retenir, et de gérer sa culpabilité à pouvoir procréer quand elle n'avait plus cette possibilité. Elle somatisait sa tristesse de n'avoir jamais à prendre soin d'un petit d'eux en arrêtant de prendre soin d'elle. Elle sentait comme un immense vide malgré tout l'amour que lui portait son mari, elle mangeait pour remplir son ventre qui ne porterait jamais d'autre vie que la sienne. Elle angoissait qu'un jour son mari ne soit plus là, de se retrouver seule, sans personne pour s'occuper d'elle. Elle s'en voulait de penser ça, elle qui avait toujours été fière de son indépendance de femme. Elle avait la nostalgie de ce qu'elle n'avait pas connu personnellement : les jolis sourires, la si bonne odeur des bébés, leur quiétude lorsqu'ils dorment, tous ces instants de communion qui se font naturellement, et toutes leurs premières fois.

Les gens lui tenaient un discours un peu fataliste, "Ma petite dame, il aurait fallu y penser avant ! Moi, mes enfants…" généralement son oreille se faisait distraite pour la suite, elle n'en avait rien à faire des histoires des autres, des enfants des autres. Mieux valait ne pas s'épancher du tout… Maryse se disait qu'on pouvait penser d'elle qu'elle n'avait rien dans le ventre. Quel comble de réaliser que sa propre vie se faisait bien trop lourde à porter, quand son souhait était de porter celle d'un autre. Des fois, la vie ça tient qu'à un fil. Ou a un fils.

Pas de don de Dieu pour Maryse. Pas de sauveur, pas de miséricorde. Maryse ne méritait rien de tout cela. Maryse se sentait bien minable, et il était loin le temps où elle était fière d'elle.

* * *

Que peut-on retirer d'utile de l'histoire de ces sept femmes, sinon le constat évident que chacune est différente. On peut parler de cette grande aventure de la maternité comme d'une équation à plusieurs inconnues, et je n'ai jamais été très à l'aise avec les mathématiques, ça me laisse donc face à un vide qui me donne la nausée avant même d'avoir une bonne raison de l'avoir.

Que penser de celles observées qui ne sont pas mamans ici ? Une qui essaye de vivre de sa passion, une qui se trouve un peu trop égoïste, et la dernière qui semble avoir perdu toute sa dignité. Et toutes se comparant en se demandant où ça déraille, chez elles.

Je crois pour résumer que les mamans sont courageuses, parfois un peu menteuses, sous-estimées, solitaires, aliénées au sens philosophique du terme. Je crois qu'elles sont les personnages essentiels du grand bal de la vie, celles qui permettent le carna-valse du monde et sans qui rien ne progresse, et je trouve que c'est un rôle très lourd à porter. Je trouve que les femmes sont bien obligées, dans tous les sens du terme.

Ne parle-t-on pas du "masque de grossesse" ? Serait-ce donc une mascarade ?

A aucun moment je n'ai dévoilé vers quelle destination roulait ce train. Tous les voyageurs ne vont pas au même endroit, c'est un peu comme dans la vie : Il s'agit de monter à bord, et de se laisser porter, sans savoir précisément par où l'on passe et ce qu'on va trouver à destination. Certains partent, d'autres rentrent. Il s'agit de partager des histoires avec des gens qu'on croise, d'en laisser partir certains pour qu'ils fassent leur bout de chemin à eux. Il s'agit d'attendre en cas de panne technique et de partager son espace vital.

"Les feuilles
Qu'on foule

Un train
Qui roule

La vie
S'écoule. "

Guillaume Apollinaire, *Alcools*
Automne malade

Playlist

- Anne Sylvestre – Les gens qui doutent

- Détroit – Droit dans le soleil

- Raphaël – Funambule

- Radiohead – Nude

- MC Solaar – Les temps changent

-M- - En tête à tête

- Vincent Delerm – Avec ta tête

- Cat Stevens – Wild World

- Gary Jules – Mad World

- **Nina Simone – Mister Bojangles**

- **Téléphone – Le jour s'est levé**

- **Balavoine – Les oiseaux, partie 2**

- Petite Gueule – Moi j'crois aux fées

- Supertramp – Logical Song

- Goldman – Elle a fait un bébé toute seule

- Erik Satie – Gymnopedie1
(où toutes les phrases musicales ont l'intonation du point
d'interrogation)

Remerciements

Aussi vrai que nous ne sommes pas monolithiques, parmi la myriade de sentiments quotidiens malaisants, tristes et gris, on oublie souvent de revenir à ce qu'on connaît de plus lumineux.

Je m'aperçois que j'écris souvent gris, alors que je connais très bien la lumière. Ce sont des gens, des instants, des victoires, des soleils, des mots parfois tout simplement. Des petits riens du quotidien qui font toute la différence. Pour autant de tristesse sinon moins, il y a moultes joliesses que l'on tait.

De ces petites joies, j'en ai tous les jours et la majeure partie je la dois à l'homme qui partage ma vie. Vasterival est pour lui.

Les funambules avancent avec un balancier pour ne pas tomber. J'ai la chance d'avoir trouvé mon balancier, et chaque jour je mesure cette chance. Je le remercie pour tous les jours, et pour tout son soutien.

Ma Petite Maman et mes douces-sœurs méritent gratitude et sincères mercis, elles qui me supportent dans tous les sens du terme, et ne m'ont jamais trouvée bizarre...

Tant pis pour la niaiserie, j'ajoute un mot tendre pour Gustave le chat, ma plus longue histoire d'amour à ce jour...

Et puis je remercie ceux que j'ai croisé dans le train, les autres funambules... Même ceux qui sont passés, et ne sont pas restés...

---

[19] Petit curieux… J'aurais pu ajouter tellement d'autres chansons à la playlist… J'ai longtemps cherché quoi broder autour de Niagara, *Quand la ville dort*. La prochaine fois…